우리, 이제
세계인을
꿈꾸자

우리, 이제 세계인을 꿈꾸자

초판 1쇄 인쇄   2007년 11월 10일
초판 1쇄 발행   2007년 11월 15일

지 은 이   국헌석
펴 낸 이   손형국
펴 낸 곳   (주)에세이
출판등록   2004. 12. 1(제395-2004-00099호)

주   소   412-791 경기도 고양시 덕양구 화전동 200-1 한국항공대학교
          중소벤처육성지원센터 409호
홈페이지   www.essay.co.kr
전화번호   (02)3159-9638~40
팩   스   (02)3159-9637

ISBN 978-89-6023-137-5 03810

우리, 이제 세계인을 꿈꾸자

국헌석 에세이

지난 십수 년 동안 삼시 세 때 꼬박꼬박 챙긴 기억 밖에는 없는데 어느덧 내가 사십 줄에 들어서 있다니 일순 당혹스러워진다. 서른 두 해의 이른 봄, 큰 아이 유진이가 우리 둘 사이에 빠끔히 모습을 드러내더니 이젠 그 아이가 초등학교 4학년, 둘째 관우도 벌써 2학년이 되었을 정도로 삐쭉이 커버렸다.

그간 나는 여느 아빠들처럼 시간을 쪼개어 여행으로, 미술관으로 아이들과 시간을 함께 한다면서 이리저리로 부지런히 뛰어다녔던 듯하다. 그러나 단지 아이들과 시간을 함께 한다고 하여 아빠로서의 의무를 다하고 있었다고는 자신할 수 없을 것이다. 가령 학교에서는 아이들이 사회에 나갈 때를 대비하여 차근차근 준비를 시켜주고 있는 것이라면 가정에서는 학교와 더불어 그들이 하나의 인격체로서 건강하게 성장할 수 있도록 인격적 뼈대를 잡아줘야 하는 것이기 때문이다.

돌이켜보면 지금의 내가 있기까지, 어렸을 적 내 자신도 어머니와 아버지로부터 지대한 관심과 훈육을 받아왔던 사실을 또렷이 기억하고 있다. 때로는 타이름으로 때로는 무서운 질책을 받으면서 말이다. 그럼에도 불구하고 아쉬운 부분이 있다면, 대부분의 내 또래가 그러했던 것처럼 일정한 나이에 이르러서도 부모님으로부터의 충고 내지는 훈계, 말하자면 서로 간에 일 방향 대화방식을 넘어서지 못하고 있었던 탓에 소위 '소통' 이라는 측면에서 문제가 없지 않았다는 점이다. 그러다 보니 나이가 든 지금에 이르러서도 부모님과의 대화에 적잖은 어려움을 느끼고 있는 것이다.

  그렇게 개선의 필요성을 절감함으로써, 우리 아이들에게는 내가 경험했었던 바와는 다른 방식으로 다가서야겠다는 생각이다. 더욱이 상하가 분명한 유교적 가정예법에 익숙해 있는 우리의 부모 세대와는 달리 향후 아이들 세대는 우리보다도 더 서구화되어 있을 것이기에 과거의 방식을 고수하려고만 들다가는 세대 간 단절이라는 서로 간에 원치 않는 미래가 기다리고 있을 뿐이다. 다만, 부모로서의 권위는 지키되 소통은 과거보다 더 자유스러워져야 한다는 전제 하에서 말이다.

그렇다면 진정한 소통을 이루기를 원한다면, 나로부터 변화가 시작되어야 할 것인데 지금까지의 판단으로는 아빠로서 보다는 자신들과 똑같은 하나의 인격체로서 그들에게 다가가겠다는 것이다. 다시 말해서 이번의 글모음을 통하여 내가 먼저 스스로를 드러냄으로써 대화의 장에 미리 나가있겠다는 뜻이다.

따라서 이번 글모음은 나라는 인격체가 과연 무슨 생각을 하고 살았으며 어떤 가치관을 가졌었는지 정리해 보고자 하는, 그들에게는 일종의 기초 자료가 되는 셈이다. 그리하여 아이들이 좀 더 성장한 후 사춘기에 접어들고 나름의 아이덴티티를 갖게 될 즈음이면 서로 간에 본격적인 소통이 시작될 수 있을 거라 희망을 가져본다. 여기에 좀 더 욕심을 부려, 그들에 앞서 인생길을 나섰던 선배의 입장에서 향후 그들이 나아가야할 방향에 관하여도 몇 가지 조언을 제시해 보았다.

지난여름 십여 년 간의 경제연구소와 금융감독기구에서의 생활을 끝으로, 제2의 인생을 설계하겠다던 아들이 정신없이 동분서주해도 마땅치 않을 판국에 글이나 쓴답시고 방구석에 틀어박혀 있었음에도 내게 일언반구의 언짢음도 표현하신 적이 없으셨던 어머니, 아버지께 진정 감사를 드린다. 그리고 그런 상황이 답답했었을 집사람에게도 고마움을 표시하지 않을 수 없다.

2007. 10. 25
平倉洞 瑞夢齋에서

C·O·N·T·E·N·T·S

제3장 글로벌 스탠더드로
본 우리 사회

제4장 여행을 통하여
세계와 하나 되기

·제1장·

꿈에는
유통기한이
없다

너희들의 꿈

　"아버지께서 어린 아들에게 생일선물로 도끼를 사주셨답니다. 그 소년은 정말 도끼가 잘 드는지 시험해보고 싶은 나머지, 정원의 나무 한 그루를 베어보기로 했습니다. 그런데 소년은 하필이면 아버지께서 가장 아끼시는 벚나무에 손을 대고 말았던 것입니다. 다음날 이를 발견하신 아버지는 대노하시어 하인들을 혼뜨검내기 시작했습니다. 그런 아버지의 모습을 본 소년은 앞으로 나서서 자신의 잘못을 고백했고 아버지께서는 아들의 용기와 정직함을 높이 사시며 기꺼이 용서를 해주셨습니다."

　이 일화 속의 소년이 바로 조지 워싱턴으로, 미국의 초대 대통령을 지냈던 분이다. 어렸을 적, 아빠는 너희의 할아버지로부터 조지 워싱턴의 이야기를 곧잘 듣고 자랐는데 아빠 세대에는 이렇게 역사적 위인들의 전기를 많이 읽기도 하고 영웅담을 듣기도 했었다. 그래서 그런지 아빠뿐만 아니라 또래 친구들도, 앞으로 무엇이 되고 싶으냐고 물으면 십중팔구는 자라서 대통령이나 장군이 되겠다는 웅지(雄志)를 자연스레 품게 되었지.

이에 반하여 너희의 할아버지 되시는 분들은 아빠 세대처럼 차분히 소양을 쌓으면서 미래를 준비할 수 있는 환경에 놓여 있질 못하셨다. 너희들도 역사시간을 통해 익히 배웠겠지만, 그 분들은 6·25 전쟁으로 인해 폐허가 되어버린 척박한 땅을 바라보면서 무엇이 되겠다는 희망을 품기는커녕 당장 하루하루를 걱정하시며 생활전선에 뛰어들어야 했고 아빠가 자랄 때쯤에는 그 분들의 피땀 어린 노력 덕분에 아늑한 집에서, 따뜻한 밥을 꼬박꼬박 챙겨 먹으며 공부에 전념할 수 있었다.

그래서였는지 할아버지들은 자식에 대한 욕심이 아주 많으시기도 했다. 당신들의 보상심리까지 더해져 기대감은 점점 커갈 수밖에 없었고 게다가 조선시대로부터 이어진 유교적 사고방식으로, 자식들이 이왕이면 남들 앞에서 꿇리지 않을 버젓한 직업을 가져줬으면 하는 희망을 품으신 거지. 이를테면 고위 공무원이나 법관 말이다.

허나 불과 50년 사이에 우리 사회에서는 상전벽해(桑田碧海)와 같은 변화가 줄을 잇고 있었다. 1960년대까지의 농업사회에서, 어느덧 1970~1980년대의 산업화시대를 건너는가 하더니 이제는 지구촌을 하나로 묶는 정보화시대로 접어들고 있으니 말이다.

그런데 여기서, 우리가 이미 산업화시대를 거쳐 왔다는 사실은 너희들에게도 매우 중요한 의미가 있음을 상기할 필요가 있다. 산업화시대에 들어와서야 본격적으로 각양각색의 기업이 설립되었고 그들이 점차 성장해 가면서 사회 발전의 원동력으로 인정을 받게 되자 과거 홀대의 대상이었던 상공인 계층이 각광을 받음으로써 비로소 사농공상(士農工商)이라는 이른바 유교사회의 '계급적 직업관'이 소멸되기에 이르렀던 것이다.

게다가 정보화시대가 도래한 이후로는 산업이 점점 더 빠르게 진화하고 있을 뿐만 아니라 세분화되기까지 하는 양상이다. 당연하게 이는 직업군에도 곧장 영향을 미치는데, 선망의 대상이라는 변호사의 경우 과거에는 모든 법률적인 분야를 아우르는 팔방미인이 요구되었던 반면 이제는 가정문제 중재 전문가 혹은 기업 간의 인수합병 전문가 등 그 분야가 더욱 세분화되고 있는 것이다.

이번에는 너희들에게도 친숙한 음악 산업을 예로 들어보자. 옛날에는 가수라 하면 장르의 구분이 비교적 단순하기도 해서 발라드나 록 심지어는 트로트까지 섭렵하기도 했었다. 그러나 요즘은 힙합, 일렉트로니카 등 아빠 어릴 적에는 상상조차 할 수 없었던 장르가 하루가 다르게 생겨나다보니 가수들이 그 다양한 장르를 모두 소화할 수도 없을 뿐더러 각 장르마다 마니아층이 형성되어 실력이 웬만하지 않고는 버텨낼 수도 없게 된 것이다. 옛날에는 가수가, 그들에게 가장 기본에 해당한다는 노래 잘하는 재주 하나만으로도 유명세를 탈 수 있었다면 이제는 어느 하나에라도 정통해야만 최소한의 성공 가능성을 보장받을 수 있다는 뜻이다.

그런데 어느 한 분야를 파고든다는 것, 소위 전문가가 되기 위해서는, 노력만으로는 한계가 있으며 누가 더 생리적으로 좋아하고 빠져들 수 있느냐가 반드시 더해져야 한다는 것이다. 그렇다면, 어느 누구도 너희들에게 무엇이 되어달라고 강요하지도, 강요할 필요도 없다. 너희들은 자신이 선택하고자 하는 일을 평생 사랑하고 즐길 수 있느냐의 여부를 스스로에게 묻고 난 후 변호사도, 건축가도, 여행 칼럼니스트도 무엇이든 추구할 수 있는 것이다. 다만 너희들이 어떤 일을 꿈꾸든지 간에, 그 전에 반드시 익히고 닦아야할 덕목이 있다는 것만은 잊지 않았으면 한다.

우리는 지금 세계화의 물결에 휩싸여 있다. 세계화란 나라들이 그간 굳건히 걸어 잠갔던 각자의 문을 활짝 열어젖히며 상호간에 자유롭게 무역도 하고 문화도 교류하는 현상을 의미한다. 아마도 너희들이 이 글을 이해하기에 충분한 나이가 될 즈음이면 세계화라는 단어는 이미 일상화가 되어 창고에나 처박혀 있는 과거의 유물로서만 존재하고 있을지 모른다.

그런데 일각에서는 세계화가 단지 역사적 흐름 속의 트렌드일 뿐 시간이 지나면 다시 소멸할 수 있을 거라 얘기하기도 하는데, 지금의 세계화는 과거의 자유주의적 사조와는 근본적으로 차이가 있다. 즉 정보화와 더불어 진행되다보니 다시금 지구촌에 문을 걸어 잠그는 시대가 도래한다 하더라도 결코 정보를 통제할 수 없는 정보화의 시대에서는 지구촌의 통합이 더 이상 미뤄지기 힘든 일이라는 것이다.

따라서 이의 철저한 대비가 필요하다. 그러기 위해서는 먼저 주요 외국어의 습득이 선결되어야 할 것이므로 엄마와 아빠는 프랑스계 학교로 너희들의 전학을 단행한 것이다. 그러나 그 곳에서 너희들이 단지 프랑스 말을 익히는 데 만족한다면 세계와의 소통에 문제가 생길 수 있다. 따라서 영어 학습과 반드시 병행해야 하며, 너희들이 상위교육기관에 진학하더라도 영어의 필요성에 대한 긴장의 끈을 놓지 않아줄 것을 당부한다.

둘째, 세계와의 문화적 일체감을 키워 나가야 한다. 아빠도 고등학교를 마친 뒤 곧바로 미국으로 대학진학을 했었다. 당시 너희 할아버지의 선견지명으로 영어 습득뿐만 아니라, 보다 더 너른 세상에서 경험을 쌓고 시야를 넓히기 위해 결행한 도미(渡美)였었지. 그런데 아빠 세대에서는 영어 구사능력이 있고 일정기간 동안 서구에서의 거주 경험 등을 통하여 그들의 문화와 관습을 이해하고 있으면 그것만으로도 커다란 경쟁력이 될 수 있었다만,

너희가 중심이 될 사회에서는 그 이상을 요구하고 있을 것임에 틀림없다. 그렇다면, 기왕에 이를 따르기로 결심한 바라면 아빠 때보다 한 걸음 더 나아가 글로벌 스탠더드를 자신의 것으로 완벽하게 소화하고 있어야 한다.

다만 조기유학이 적정한 대안으로 더욱 큰 효과를 기대할 수 있음에도 불구하고 너희들을 국내에 머물게 한 이유는 부모의 보호 아래 먼저 스스로의 정체성을 확립하고 난 이후로 세계인의 길을 걸으라는 취지에서였다. 다시 말해서, 너희들은 앞으로 세계화를 받아들여 과거와는 다른 너희들이 돼 가겠지만 우선은 스스로에 대한 정체성을 확립하고 지키면서, 그 바탕 위에 새로운 것을 더 하라는 의미로 이해해주길 바란다.

앞서의 서술 내용이 주로 기능적 덕목에 치우쳐 있다면 이제부터는 인성적(人性的) 측면을 얘기해 보고자 한다. 오히려 기능적 측면보다도 더 중요한 것이 인성적 측면이라 해도 과언은 아닐 것이다. 왜냐하면 지식이 아무리 많아도 인성이 뒷받침되지 않는 기능적 인간은 점차 주위로부터 배척을 당함으로써 외톨이가 되어 사회의 부적응자로 도태되고 말 것이기 때문이다.

인성을 갈고 닦기 위해서는, 첫째 독서를 통하는 방법이 있다. 특히 청소년기의 독서는 바른 인격의 형성과 호연지기를 키우는데 도움이 되는데, 위인전을 통하여 그들의 성장기와 너희들의 모습을 비교해 봄으로써 스스로 반성하는 기회를 갖기도 하고 위인들을 닮아보려는 의지를 은연중에 품을 수 있다. 이에 더하여, 독서를 통하여 다양한 종류의 환경과 사람들을 만나봄으로써 자신과의 다름을 단순히 오류라거나 야만이라고 단정 짓지 않는, 이른바 '관용의 자세'를 만들어 갈 수 있다.

둘째, 스포츠 활동을 등한시하지 않았으면 한다. 왜냐하면 스포츠는 '건전한 육체에 건전한 정신이 깃든다'는 말이 있듯이 몸과 마음을 단련하는 인격적 활동이기 때문이다. 그런데 스포츠를 통하여 어떻게 마음의 수련까지도 가능하다는 것인지 의문이 들 수 있을 것이다. 스포츠 세계에서는 일단 경기가 시작되면 양 팀은 페어플레이 정신에 입각하여 치열한 승부를 펼치게 되지만 경기가 끝나면 판정에 승복하여 승자는 패자를 격려하고, 패자는 승자를 축하하게 된다. 다시 말해서 스포츠는 영원한 승자도, 영원한 패자도 존재하지 않는 세계이기 때문에 승자에게는 겸손함을, 패자에게는 도전정신을 불어넣어주는 전인교육의 한 부분으로 기능하는 것이다. 그래서인지 고대 그리스 사회에서는 심신의 일치 즉 지덕체의 조화를 매우 중시했고 심지어는 학자들이 운동선수로 활동하는 것도 그리 낯선 풍경은 아니었다. 인류가 낳은 위대한 철학자 소크라테스, 플라톤도 한 때 레슬링 선수로 활동했었다니 말이다.

하나 더 당부한다면, 여러 종류의 스포츠를 두루 즐길 수 있으되 한 가지 정도는 심취해 주었으면 하는 바람이다. 이는, 딱히 전문가라는 결과물이 중요하다기보다는 전문가가 되어가는 과정에서 책임감과 인내력을 고양할 수 있기 때문이다. 무슨 일을 하든지 배우든지 간에 그 과정에는 수많은 난관과 포기하고 싶은 상황이 곳곳에 도사리고 있다. 그런데 대다수의 사람들은 마주하고 있는 어려움을 이겨내지 못하고 중도에 포기해 버리거나 스스로와 타협함으로써 결국 평범한 수준에 머무르고 마는 것이다.

셋째, 가능한 한 여행을 즐기기 바란다. 여행이 가져다주는 즐거움을 찾자면 이루 헤아릴 수 없이 많기도 하지만, 아빠가 인성을 닦는 수단으로 여행을 주목하는 이유는 무엇보다도 세계 곳곳을 여행함으로써 자신과 다른 사람들, 자신이 처해있는 환경과 다른 세상을 인정하고, 나아가서는 상호 공존하는 지혜와 경험을 체득할 수 있기 때문이다.

지금까지 짧지 않는 글을 통하여 너희들의 꿈에 대한 아빠의 생각은 어떠한지 그리고 너희들이 그 꿈을 이뤄가기 위하여 무엇을 필요로 하는지에 대해 정리해 보았다. 재차 강조하는 바이지만, 아빠에게는 할아버지 세대와 같은 유교적인 직업관도, 보상심리도 전혀 존재하질 않는다. 따라서 '웅지를 펼치라는 것'은 너희들이 좋아하는 것, 잘 할 수 있는 것에 최선을 다하라는 의미이며,

다만 이것이 인류의 발전에 조금이라도 기여하는 결과로 나타난다면 더욱 소망스러운 일이 될 것이다.

　이 글을 접기 전에 너희 할아버지께서 아빠에게 즐겨 해주셨다던 조지 워싱턴 이야기 대신, 아빠는 한 때 열등아 취급을 받기도 했지만 평생에 걸쳐 발명이라는 한 분야에 집중함으로써 발명왕이라는 영예를 얻은 토마스 에디슨을 주목해주길 바라며 이 글을 맺고자 한다.

꿈에는 유통기한이 없다

내가 근무하는 직장에서는 근 1년이 넘게 승용차 5부제를 실시해오고 있다. 따라서 일주일에 한번 정도 대중교통을 이용해야하는데 비가 오는 날이면 지하철이나 버스를 기다리는 동안 사람들의 시선은 아랑곳하지 않은 채 우산으로 스윙 연습을 하곤 한다. 아마도 다른 이들에게는 그런 내가 골프에 막 재미가 들린 초보자의 용쓰는 모습쯤으로 비춰졌을 것이다.

나의 그 기묘하고도 오래된 습관을 설명하기 위해서는 초등학교 때로 한참을 거슬러 올라가야 한다. 당시 고교야구는 대한민국 제1의 스포츠라 해도 과언이 아닐 만큼 무척이나 인기가 높았다. 야구 자체가 가진 매력도 매력이거니와 프로 스포츠가 태동하기 전 시절이라 지역을 대표하는 팀들이 맞붙는 고교야구가 사람들의 애향심을 자극하면서 사랑을 받았던 까닭이다. 물론 어린 나에게는 야구라는 스포츠가 지니고 있는 매력 때문이었지만 말이다.

그래서 전국대회가 열리는 날이면 학교가 파하자마자 득달같이 달려와 라디오의 볼륨을 있는 대로 켜놓고는 야구배트를 휘두르며 중계방송 속으로 빠져들곤 했다. 그래서인지 고학년이 되어서는 학교 선수로 등록도 하여 실제로 운동장을 누비기까지 했다.

성인이 되어서도 야구에 대한 나의 사랑은 여전했으며 단지 그 대상이 프로야구로 바뀌었을 뿐이었다. 그러던 것이 2002년 한일 월드컵을 계기로 서서히 축구로 옮겨가고 있었다. 처음에는 축구가 뿜어내는 매력 그 자체에 빠졌다기보다는 아마도 '대한민국'을 목이 터져라 외치며, 대표선수들의 선전을 기원하면서 월드컵의 열기에 동참하고 있었던 것이다.

그 후 축구를 정말 좋아하게 되고 나서야 곰곰이 따져보니 사실 월드컵 대회는 아무리 실력이 출중한 팀이라도 단 한 번의 패배가 탈락을 의미하는 토너먼트이기 때문에 자연히 공격보다는 틀어막고 지키는 수비축구가 대세를 이뤄 축구가 가진 매력을 십분 보여주기에는 한계가 있었다. 따라서 축구 마니아가 되서는 각 팀들의 공격지향성으로 인해 박진감이 넘쳐흐르는 영국의 프리미어리그와 같은 유럽 프로축구가 훨씬 흥미진진할 수밖에 없었던 것이다.

아무튼 월드컵 이후 박지성 그리고 이영표 선수의 유럽 진출은 2% 부족해 보였던 나의 축구 열기에 기름을 붓는 계기가 되었다. 국가대표팀 감독이었던 거스 히딩크가 네덜란드의 프로팀으로 이들을 스카우트한 이래로 두 선수의 경기 모습은 어렵지 않게 TV 중계를 통하여 접할 수 있었고, 그들이 있었기에 유럽의 낯선 선수들의 경기 모습이 그리 지루하게 느껴지지 않았다.

그런 가운데, 늘 두 선수만을 응원하고 중계방송을 시청하던 내게 변화가 찾아들기 시작했다. 이들 두 선수가 출전치 않은 경기에서조차도 점차 재미를 느껴가고 있었던 것이다. 마치 비디오게임에서나 볼 수 있을 것 같은 스피디한 경기의 전개, 즉 거의 실수 없는 빨랫줄 같은 패스를 주고받으면서 순식간에 상대방 골문까지 돌진해 가는가 하면 상대팀도 볼을 빼앗기라도 하면 지체 없이 공격을 전개해 나가는, 그야말로 전후반 내내 쉴 새 없이 공수가 뒤바뀌는 속도감과 그로 인해 야기되는 긴장감이야말로 과거 '뻥 축구'로 대변되는 우리 축구에서는 도저히 맛볼 수 없는 선진축구의 전형이었다.

게다가 경기장을 꽉 채워놓은 관중들이 때로는 야유로, 때로는 응원가와 박수로 선수들의 분발을 독려하면서 그렇게 한 덩어리가 되어 가는 모습은 화룡점정이었다.

그러던 중, 유럽인들은 유독 축구에 그리도 집착하고 열광하는 것인지 궁금증이 생겨나기 시작했다. 카메라가 관중석을 비출 때마다 느끼는 바지만 그들의 응원 모습에서는 전쟁터에서 창을 쿡쿡 찍어대면서 군가를 부르는, 마치 전투 직전 용맹성을 최고조로 끌어올리기 위해 기를 모으는 로마전사들의 모습이 연상되어 전율을 느끼곤 했다. 결국 나는 선수고, 관중이고 할 것 없이 경기만 시작되면 모두가 전쟁터의 헤라클래스 마냥 야수가 되어가는 이유가 무엇인지 그 궁금증을 풀지 않을 수 없었다.

요약하면, 중세 유럽은 영주가 중심인 봉건 단위체가 각각 느슨하게 모여 왕국을 이루는, 즉 강력한 왕권이 존재하지 않은 지방분권형의 국가 형태를 이루고 있었다. 따라서 당시 사람들은 자신들에게 직접적으로 영향력을 행사하지 못하는 국가보다는 지역 단위체에 익숙할 수밖에 없었다. 말하자면 자신들을 프랑스나 스페인의 국민보다는, 리옹 또는 마드리드의 영주민 정도로 여겼을 거라는 추측이 가능하다.

더군다나 요즘과는 달리 그 옛날에는 정치적으로 사람들의 이동이 자유롭지 않았으며 교통수단도 발달하지 못했으니 각각의 단위체나 소속민들은 물리적으로는 말할 것도 없고 심정적으로도 멀게 느껴 서로에 대한 감정은 친밀감보다 적대감과 경쟁의식으로 가득했을 거라는 얘기다.

그런 가운데 근대사회가 출현하고 강력한 중앙집권형 국가로 이어지게 됐으나 그 후손들은 과거의 문명사적 지도를 고스란히 물려받고 있었으며 이러한 유전자적 본질에 더하여 그들을 끊임없이 자극하고 고취시키는 각 구단의 마케팅 기법이 결합함으로써 고장의 축구팀을 열광적으로 응원하는 유럽의 축구문화가 탄생하게 되었다. 예부터 역사적으로 라이벌 관계에 있던 스페인 해안지방의 바르셀로나나 내륙지방의 마드리드가 지역민들의 열렬한 성원 속에 지금은 FC 바르셀로나 그리고 레알 마드리드로 그 모습을 바꾸어 축구전쟁으로 대결을 이어가고 있는 것이 좋은 예라 할 수 있다.

아무튼 그들의 축구문화를 이해하게 되면서 점점 더 유럽축구에 빠져드는 내 자신을 발견하고 있었다. 골문 앞에서 결정적으로 헛발질을 하는 선수에게는 욕설과 야유를 퍼붓다가도, 관중석에서 발을 굴러가며 응원가를 부를 때면 나도 어느새 같은 템포로 발을 동동 구르며 그들과 하나가 돼 가는 것이었다.

그렇게 축구에 흠뻑 빠져들던 중, 내게 얼마 전부터 두어 가지 욕심이 생겨나고 있었다. 그 하나는 그들과 직접 호흡할 수 있는 유럽으로 날아가 경기를 관전하겠다는 것이고, 또 하나는 언젠가는 나도 축구감독이 되어보겠다는 꿈을 꾼다는 것이다.

기실, 경기를 직접 지켜보는 것이야 여행을 계획하면 그리 어려운 일은 아닐 것이니, 꿈이랄 것도 없겠지마는 감독이 되겠다는 희망은 여러 가지 주변 정황을 고려해 볼 때 그 실현 가능성에 나조차도 의문을 갖게 된다. 냉정하게 따져볼 것도 없이, 야구처럼 어렸을 적이나마 선수생활을 했던 경험이 있는 것도 아니고 더욱이 현재 종사하고 있는 분야가 축구와 관련이 있거나 전직을 고려할 만큼 가벼운 나이가 아니기에 나의 꿈은 그저 희망사항으로 끝날 가능성이 높기 때문이다.

그래서 그렇게 혼자 사그라지다가도, 세계 최고의 팀 맨체스터 유나이티드의 알렉스 퍼거슨 감독이 TV 화면에 모습을 드러낼 때면 가슴 저 밑바닥에서 투지가 불끈 솟아오름을 느낀다.

그는 내게 이렇게 말하고 있는 듯하다. "나는 25억 인구가 지켜보고 있는 전장에서도 가장 막강하다는 군단의 총사령관이야, 내가 두는 한 수 한 수가 25억을 울리기도, 웃기기도 하지. 그런 내가 부럽지 않나?"

나는, 그가 그렇게 약을 올리면 올릴수록 더욱 더 투지를 불살라 간다. "생각해봐, 프로축구 감독은 고사하고 조기축구회 감독이 되든 안 되든 그것은 먼 훗날의 문제잖아."

정작 중요한 것은, 언젠가는 내게도 기회가 주어질 수 있다는 희망, 그 꿈을 포기하지 않는 한 행복할 수 있는 게 아닐까?

•제2장•

세계 속의
리더십을
생각한다

노블레스 오블리주

　'노블레스 오블리주'는 프랑스에서 처음 사용되기 시작했지만 이제는 전 세계 어디에서나 통용되는 만국어로, 사회적인 지위가 높은 사람이 정당하게 대접받기 위해서는 명예(Noblesse)만큼이나 의무(Oblige)를 다해야 한다는 의미를 담고 있다. 그 유래에 대해서는 화자(話者)에 따라 다소 이견은 있으나, 서구 선진사회의 모태인 로마제국의 최전성기를 관통하고 있던 시대정신이었음은 부인할 수 없는 사실이다.

　로마는 건국 당시만 해도 로마시내의 언덕배기 한 쪽에 자리하고 있던 조그마한 도시국가에 불과했다. 그러던 것이 주변 부족민들과의 전쟁을 통하여 차츰 세력을 키워가더니, 마침내는 지중해의 패권을 두고 경쟁관계에 있던 카르타고와의 일전을 승리로 장식하면서 지중해와 아프리카 그리고 중동지역 일부를 아우르는 제국의 길로 들어섰던 것이다.

'노블레스 오블리주'는 바로 이러한 대제국 로마를 가능케 했던 디딤돌이었다. 끝없이 이어지는 정복전쟁을 수행하는 과정에서 지도자급인 귀족들이 맨 앞에 나서는 솔선수범의 자세를 견지함으로써 전투병의 역할을 수행하는 평민들의 자발적인 참여를 유도하였고 피정복자들마저도 감화시킴으로써 아군으로 끌어들일 수 있었던 것이다.

당대의 명장 한니발 장군이 버티고 있던 카르타고와의 제2차 포에니전쟁 중에는 최고 지도자인 집정관의 전사자 수만도 무려 13명에 이르고 있었으며, 건국 이후 500여 년간 원로원에서 귀족이 차지하는 비중이 15분의 1로 급격히 줄어들었던 사실(史實)이 이를 잘 웅변하고 있다.

제국화에 성공한 이후로는 귀족계급의 희생정신이 공공봉사정신으로 면면히 이어지고 있었다. 즉 사회 지도층의 공공기부가 의무인 동시에 명예로 인식되고 있었는데, 예를 들자면 도서관이나 도로 및 상하수도 건설 등 공공시설을 건립해 주거나 사후 유지에 지속적으로 기부를 함으로써 로마의 지도층은 항상 피지배자 계급과 더불어 살아간다는 이른바 '공생의 의지'를 표명하고 있었던 것이다.

현대에 들어와서는 한 세기가 다하도록 '팍스 아메리카나'를 구현 중에 있다는 미국이 로마의 정신을 계승하고 있다. 부연하자면, 미국은 유럽과는 달리 귀족계급이 존재하지 않던, 애초에 계급간의 갈등을 우려할 필요가 없는 평등사회로 출발했었다. 그러던 것이 20세기 후반에 들어서면서 신자유주의 사조에서 비롯된 극심한 '빈부의 차'가 사회문제로 대두될 지경에 이른 것이다.

그럼에도 불구하고 그러한 빈부의 격차가 계층 간의 갈등으로 이어져 위기상황으로까지 연결될 조짐은 어디에서도 찾을 수 없다. 이는, 다름 아닌 부자들의 기부문화에서 기인되었는데, 부를 일궈낸 사람들이 그 부의 일부든 전부를 사회에 환원함으로써 가난한 사람들이 부자에 대해 상대적인 박탈감은 느낄지언정 적대감을 갖지는 않는다는 것이다. 오히려, 이는 사람들에게 부를 만들고자 하는 유인으로 작용하고 있는 것이다.

이는 우리 사회에도 시사하는 바가 매우 크다. 왜냐하면 미국과는 달리 부자의 이미지가 과거 개발독재시대를 거쳐 오면서 정경유착에 의해 부를 축적해 왔다는 일부의 부정적인 시각에다 사회를 가진 자와 가지지 못한 자로 쪼개는 노무현 정권의 극히 편향된 진보주의적 성향으로 일반 대중들에게 부자를 더욱 부정적으로 인식시키는 결과를 낳고 있기 때문이다. 그래선지, 미국과 비교해 볼 때 빈부의 격차가 우려할 수준이 아님에도 불구하고 계층 간의 갈등은 더욱 심화되는 추세다.

하지만 아직도 우리는 문제 해결의 실마리조차 찾지 못한 상태다. 우리 사회 내로는 기부의 전통이 없을 뿐만 아니라 이를 활용하겠다는 정부의 의지도 읽을 수 없기 때문이다. 다만 뜸하게, 평생 모은 재산을 장학금으로 내놓았다는 선행이 언론을 통해 소개되고 있기는 하나 상속은 아예 포기하고 전 재산을 기부하는, 소위 '조건 없는 기부'란 극히 그 예가 드물 뿐더러 대다수가 참여하기 힘든 그런 형태로는 사회에 미치는 영향이 극히 미미하달 수밖에 없다.

따라서 문제는 정부가 기부를 정책적으로 활용할 의지가 있느냐에 달려 있는데, 말하자면 기부의 전통이 전무한 사회에서 사람들이 별안간 마음을 바꿔 기부에 나서기를 기대하기는 어려우므로 정부에서 기부의 효용성이 높다고 판단한다면 이를 적극적으로 도와야 한다는 것이다.

가령 일정금액이나 일정기간 이상을 고아원 등 복지시설에 기부한 사람에 대해서는 상속세를 대폭 낮춰주는 등의 인센티브를 제공할 수 있다. 반면에 자신의 고향 또는 거주지에 다리를 건설해 주거나 아니면 도서관을 건립해 주는 등의 직접 기부를 유도하는 것도 유용한 수단이 될 수 있다. 이에 더하여, 외국의 예처럼 홍길동 도서관 또는 김철수 대교와 같이 공공시설에 기부자의 이름을 넣도록 허락한다면 상속세 인하와 같은 인센티브와 더불어

더더욱 많은 사람들의 관심을 이끌어낼 수 있을 것이다.

알고 보면, 서구 귀족계급의 희생정신이나 공공봉사정신도 그들이 결코 우리보다 선하거나 고귀해서가 아니다. 고대에서 근세기에 이르기까지 동양에서만큼의 강력한 왕권이 바탕이 된, 1인 체제의 중앙집권형국가가 거의 존재해오지 않았던 탓에 주요 세력 간에는 권력이 분산되어 있었고 라이벌을 넘어 자신의 권력을 더욱 돈독히 유지하기 위해서는 절대 다수인 평민들을 가능한 한 많이 자신의 편으로 끌어들여야 했으므로 평민들의 눈치를 살펴야 했음은 당연했던 것이다. 그러한 환경 속에서 '노블레스 오블리주' 는 자연스레 서구인들 생활의 일부가 돼 갔던 것이다.

그렇다면, 이제는 정부의 몫인 것이다. 우리가 그들에 비해 태생적으로 뒤떨어져서가 아니라 다만 환경적으로 그런 문화를 보듬어보지 못했던 것뿐이라면, 정부가 나서서 인위적으로라도 토양을 만들어줘야 한다. 서구가 200여년에 걸쳐 이룩해 왔던 근대화를 우리는 불과 50년 만에 성공시켰듯이 말이다. 더욱이, 정부의 조세정책에 대한 믿음이 결여되어 나라에 '세금을 뜯긴다' 는 생각이 팽배해 있은 다음에야 지금이라도 계층 간의 갈등과 대립을 해소할 수단으로 그리고 부를 재분배하는 수단으로, '기부금제도' 의 활용을 적극 고려해 봤으면 한다.

궁예와 오다 노부나가

    요즈음 서점에 들러보면 다양한 종류의 역사소설을 어렵지 않게 접할 수 있다. 역사적인 이슈만을 전문으로 다루는 이덕일 선생과 같은 이가 있는가 하면 특유의 감각적인 문체로 현대소설에 천착해 왔던 최인호 씨까지도 근래에 들어서는 〈상도〉나 〈해신〉 등의 역사소설 저술에 몰두하고 있을 만큼 역사소설이 가히 전성기를 맞고 있다.

    외국소설 쪽에서도 역사물을 찾는 것은 그다지 힘든 일이 아니다. 일본의 대표적인 역사소설가 시바 료타로의 〈료마가 간다〉나, 소설 못지않은 재미와 감동을 주는 〈로마인 이야기〉 등 그 수를 셀 수 없으리만치 봇물을 이루고 있는 것이다.

    아무래도 역사소설이 재밌게 읽히는 이유는 소설이다 보니, 역사서보다 문체가 간결할 뿐 아니라 주인공 중심으로 이야기가 전개되어 독자들이 큰 신경을 쓰지 않고도 흐름이나 맥을 잃어버릴

염려가 없기 때문이다. 그러나 그 무엇보다 역사소설이 갖는 최고의 매력은 소설이라는 형식에 있을 것이다. 다시 말해서 승자 독식의 원칙이 적용되는 정사(正史)에서는 무뢰배나 악한으로 낙인 찍혔던 인물일지라도 소설에서는 작가의 상상력에 의해 재해석될 여지가 숨 쉬고 있기 때문이다.

바로 여기에서, 궁예와 오다 노부나가 사이에는 결코 메워지지 않는 간극이 존재한다. 두 사람 모두 최후의 승자는 못되었으나 한 사람은 한국에서, 또 한 사람은 일본에서 전국 통일의 초석을 다졌던 호걸이었다. 그러나 후세에서, 궁예는 역사적으로 극악무도했던 무능력한 군주로만 기억되고 있는 반면, 그에 못잖게 성정이 드셌던 오다 노부나가는 몇 해 전 일본 내에서의 여론조사에서 가장 존경받는 역사적인 인물로 선정되었을 만큼 영웅 대접을 받고 있는 것이다.

그런 오다 노부나가가 칭송 시 될 수 있었던 데는 〈대망(大望)〉이라는 역사소설에 힘입은 바 크다. 물론 소설의 흐름 상 통일의 주역인 도쿠가와 이에야스의 비중이 클 수밖에 없지만, 저자는 그 외의 영웅들에게도 많은 관심과 정성을 쏟아 부음으로써 그들이 어떤 인생을 살아갔는지, 그리고 통일의 과정에서는 어떤 역할을 수행했는지 심도 있게 그려냈던 것이다.

〈대망〉의 무대 배경은 용나호척(龍拏虎擲)의 전국시대로, 중국의 춘추전국(春秋戰國)시대와도 매우 흡사했던 바, 당시 일본 각지에서 힘깨나 쓴다는 집단의 우두머리들이 그리고 지방의 호족 세력들이 난립하여 먹고 먹히는 전쟁을 수없이 치르던 그야말로 '피와 혼돈의 시대' 였다. 그 과정에서 민초들의 살림살이는 점점 궁핍해져 갈 수밖에 없었으니, 전국 통일을 꿈꾸며 세상의 어지러움을 평정하겠다고 나서는 자들이 자연스럽게 등장하게 되었던 것이다.

오다 노부나가도 그 중 하나로, 오와리라는 조그마한 성의 성주로 시작하여 점차 세력을 넓혀가고 있었다. 그러던 중 절체절명의 위기이자 일생일대 최대의 기회와 맞닥뜨리게 된다. 동시대 최고의 세력가인 이마가와 요시모토 그리고 다케다 신겐과의 일전이 그를 기다리고 있었던 것이다. 뛰어난 전략가이자 무장이었던 그는 절대적인 열세라는 세간의 비아냥거림에도 불구하고 이들을 차례로 무너뜨리면서 드디어 소원해 마지않던 전국 통일에 바짝 다가서게 된다.

그러나 그도 뜻하지 않은 불운 앞에 끝내 무릎을 꿇고 만다. 최고 권력자의 자리를 바로 눈앞에 둔 시점에서 최측근 부하인 아케치 미츠히데의 배신으로 생을 마감하게 된 것이다. 권력은, 잠시 그가 생전에 신임해 마지않던 부하장수인 도요토미 히데요시를 거쳐 도쿠가와 이에야스로 넘어감으로써 결국 도쿠가와가(家)

일족들이 최후의 승자로 남게 된다.

앞서도 언급되었던 것처럼, 이 소설이 갖는 미덕은 여느 역사소설과는 달리 도쿠가와 이에야스를 비롯한 3인의 영웅은 물론이거니와 비중 있는 조연들에까지도 마치 살아 숨 쉬는 듯 페르소나(Persona)를 불어넣어 주었다는데 있다. 말하자면, 저자는 사실(史實)과 상상적 허구 사이를 적절히 넘나들면서 주인공은 주인공대로, 적대자는 적대자의 입장에서 각각의 행위를 분석하고 이야기한다는 것이다. 따라서 어찌 보면, 소설의 주인공은 특정 인물이 아닌 전국시대 그 자체라 할 수 있으며 저자는 멀찍이 떨어져서 인간 군상들의 행위와 심리를 최대한 객관적인 시각으로 묘사하고 있는 것이다.

그러한 저자의 세밀한 관찰에 따르면, 오다 노부나가도 고매한 인격과는 거리가 먼 흠결 투성이었다. 그는 대담함을 넘어선 잔인성으로 자신의 뜻에 반한다든지 걸림돌이 되는 경우 가차없이 제거하거나 대량학살까지도 서슴지 않았던 것이다. 그에게 대항하는 불교도 6만여 명을 눈 하나 깜짝하지 않은 채 학살해 버린다거나 저항세력의 본거지였던 사찰을 불태워 2만 명이 넘는 신도와 승려를 사지로 내몰기도 했다. 그는 부하들의 실수도 그냥 지나치는 법이 없는 이른바 '냉혹형 리더'였다. 그랬던 탓에 측근 장수 아케치 미츠히데가 결국 배신의 길로 들어서고 말

왔던 것이다.

한편으로 인간의 품성이 아닌 능력이라는 차원으로 넘어가면, 오다 노부나가는 천재성을 반짝이는 호웅이었다. 그는 대단히 개방적인 사고의 소유자로, 그 시절에는 당연시되었던 가문의 출신이나 성분은 아예 무시하고 능력 본위로 인물을 발탁함으로써 타지역의 인재들까지도 흡수해 갔으며, 지역마다 실시하고 있던 통행세를 폐지하여 상인들의 집거를 자신의 관할지로 유도함으로써 지역의 부를 더욱 강화시키기도 했다. 또한 외국 상인에 의해 전해졌던 철포의 잠재력을 일찍부터 간파하고 이를 활용함으로써 마침내 일본 제일의 강력한 군주로 떠오르게 됐던 것이다. 저자는 바로, 그의 이러한 능력들을 활자화하여 대중에게 알림으로써 오다 노부나가를 일약 영웅으로 탄생시킨 것이다.

그렇다면 궁예는 어떠한가? 궁예는 철저히 맨주먹에서 출발하여 한반도의 중심부를 차지하며 세력을 키워나간 난세의 영웅이었다.

자신의 아버지가 지금의 황해도에 해당하는 패서지역의 호족으로 정치적, 경제적 유산을 적잖이 물려받았던 왕건이나 신라의 무장으로 휘하 세력이 만만치 않았던 견훤과는 달리, 그는 혈혈단신으로 비적이나 다를 바 없던 오합지졸들을 규합해 나감으로써 마침내는 개국에 이르게 된 것이다. 말하자면 경영학적 측면에서, 정주영 씨나 김우중 씨처럼 맨손에서 시작하여 단기간 내 대기업 군을 일궈낸 '혁신형 기업가' 였던 셈이다.

그럼에도 불구하고 대부분의 사료에서는, 궁예가 건국의 과정에서 보여주었던 리더십이나 능력들은 철저히 무시된 채 포악하고 방자한 군주로만 그려지고 있다. 이를테면 궁예는 무고한 신하들을 해쳤고 심지어는 왕비와 왕자들까지도 죽음으로 내 몸으로써, 결국 부하들에 의해 왕위에서 물러나야 하는 화를 자초했다는 것이다.

그러나 역사적으로 볼 때, 골육상쟁의 비극이 단지 궁예 한 사람에게만 해당되는 일은 아니었다. 고려의 명군 중 하나라는 광종도 자신의 아우와 조카들을 사지로 몰아넣었는가 하면 심지어 아들인 경종을 제거하려 하기까지 했다. 그 뿐만 아니라 조선의 인조와 영조는 자신의 친아들인 소현세자와 사도세자를 죽이면서까지 권력을 지키려 했던 것이다.

작금의 시대에도 이 같은 일은 비일비재하다. 불과 몇 해 전 현대그룹의 후계자 자리를 놓고 정씨 가문의 아들들이 사투를 벌였던 것이 대표적인 예라면 지금도 기업의 경영권을 둘러싸고 부자간 또는 형제간 다툼이, 그리고 법적 소송이 끊이질 않고 있다. 이 시대에서야 옛날처럼 물리적으로 죽고 죽이지는 않으나, 그 때나 지금이나 권력을 둘러싼 쟁투는 끊이지 않고 있는 것이다.

변명컨대, 궁예의 경우 건국에는 성공했으나 호족들과의 팽팽한 권력다툼이 줄곧 불안요소로 자리하고 있었다. 당시 최대세력은 패서호족들로 그 중의 하나였던 왕비 일가가 마침내는 왕권까지도 넘보고 있었던 것이다. 그런 까닭에, 그는 반대세력을 숙청하면서 철원으로의 천도를 구상하게 되었고 자신의 지지기반이던 청주세력을 이곳으로 이주시키려 했다. 이 과정에서 패서세력과 이들을 등에 업은 왕건에게 패퇴함으로써 궁예는 왕건의 정권 승계를 정당화하기 위한 희생양으로 스러져 갔던 것이다.

나는 이 글을 통하여 궁예 한 사람의 정치적 복권을 위해 목청을 돋우는 것이 아니다. 오히려 지금까지, 우리 자신이 구태의연한 선정기준에 얽매어 영웅 만들기에 너무도 인색했던 것은 아닌지 스스로를 돌아볼 때가 아니냐는 이야기를 하고 싶었던 것이다.

역사적으로 볼 때 우리의 영웅들이란 대부분이 대의를 품은 채 한 평생을 나라를 위해 기꺼이 헌신해온 분들이었다. 그러나 이제는 복잡다단한 사회 속에서 생존해 가야하는 현대인들에게 있어 좀 더 다양한 측면에서의 '영웅 출현'이 필요하다는 생각이다. 말하자면, 지금까지의 구국열사나 나라 발전에 기여한 위인들 외에도 보다 많은 인물을 찾아내서 그들의 역사적인 기능과 역할에 대한 재평가를 수행해 나가야 한다는 것이다.

따라서 이 일은 고스란히 소설가들의 몫이 되어야 한다. 최인호 씨의 경우 소설 〈상도〉를 통하여 거상(巨商)이었으나 역사적으로 미미하기만 했던 임상옥의 삶과 경영철학을 조망함으로써 현대인들에게 부의 진정한 의미를 일깨워주기도 했다.

소설 〈대망〉의 예를 보더라도, 2차 세계대전의 패배로 실의에 빠져있던 일본 국민들에게 온갖 고난을 뚫고 마침내 대망을 이룬 영웅호걸들의 일생을 보여줌으로써 전후 복구의 의욕을 북돋아 주었고 나아가서는 그들의 리더십까지도 제시해 줌으로써 기업뿐만 아니라 일본주식회사를 재구축하는데 지대한 역할을 수행했던 것이다.

그런 측면에서라면 궁예의 경우도 단순히 포악했던, 실패한 군주로만 남아있을 일이 아니다. 혈혈단신으로 개국을 일궈낸 그의 기개와 노력의 과정을 찾아감으로써 기업가를 꿈꾸는 젊은이들에게, 구조조정으로 좌절감에 젖어있는 실직자들에게 용기와 희망을 불어넣어 줄 수 있기 때문이다. 앞으로는 재야에 묻혀있던, 보다 많은 인물들이 오다 노부나가처럼 새로이 평가받을 수 있기를 기대해 본다.

경영승계 논란에 관한 소고(小考)

언제부턴가 미움을 받아왔든 혹은 사랑을 더 많이 받아왔든 간에 삼성을 배제한 우리 경제는 상상조차 할 수 없게 돼 버렸다.

삼성그룹의 2006년도 매출액은 141조 원으로, 이는 국가 경상수지의 약 1/4에 해당하며 계열사인 삼성전자 하나만 놓고 보더라도 2006년도 수출액이 우리 전체 수출액의 15.5%를 차지하는 등 대한민국에서 가히 삼성의 영향력은 상상을 초월해 가고 있다. 따라서 삼성이 향후 어느 만큼 성장하느냐에 따라 국민소득 3만 달러 진입 여부가 결정된다고 해도 결코 과언은 아닐 것이다.

혹 통계자료로는 실감이 잘 나지 않는다면, 다른 각도에서 살펴보자. 예를 들어, 삼성병원에서 태어나 에버랜드로 소풍을 가고 중동 중·고등학교 또는 성균관대학교에서 학창시절을 보낸다. 졸업 후에는 삼성에 입사하여 르노삼성자동차를 구입하고, 결혼해서는 레미안 아파트를 장만하여 삼성전자제품으로 집을

꾸며간다. 물론 아이를 갖게 되면 삼성과의 인연은 2세로까지 이어질 것이고, 사후에도 삼성의료원 영안실 신세를 피할 수 없을지 모른다.

이처럼 삼성은 요람에서 무덤까지 피해갈 수 없는, 대한민국 유일무이(唯一無二)의 브랜드인 것이다.

그렇다면, 이처럼 거대한 기업집단인 삼성을 이끌어가는 수장 이건희 씨는 경영자로서 과연 어떤 평가를 받고 있을까? 그는 1987년 12월 회장에 취임한 이후로, 삼성전자 내 반도체 사업을 세계 최고 수준으로 키워내는 등 선친 이병철 씨에 버금가는 경영능력과 실적을 보여주면서 이제는 국제적으로도 유명세를 떨치고 있다.

뿐만 아니라 이 회장은 그만의 독특한 경영스타일로도 널리 알려져 있다. 전 세계 어느 경영자에게서 그처럼 칩거라는 표현이 어울릴 정도로 대내외 활동은 거의 접은 채 미래 찾기에 집중하는 예를 찾기가 쉽지 않기 때문이다. 언론에 소개된 바에 따르면, 그는 수많은 다큐멘터리를 시청하고 한편으로 IT 관련 책과 잡지를 숙독하면서 기술발전의 추이나 글로벌 트렌드의 변화 등 시대의 흐름을 읽어냄으로써 비전을 제시해 왔다고 한다.

예를 들면, 이 회장은 1993년 마누라와 자식만 빼고 다 바꾸자는 이른바 '신경영'을 선포하여 그간 알게 모르게 그룹 내부에 쌓여왔던 국내 1등이라는 자만심을 타파하려 했고, IMF 외환위기 때는 '비상경영'을 통해 남들보다 먼저 구조조정에 착수함으로써 경쟁자인 대우나 현대그룹과는 달리 별 탈 없이 위기를 벗어날 수 있었으며, 21세기에 들어서는 미래의 핵심기술과 수종 사업을 찾는 '준비경영과 창조경영'을 강조하기도 했다. 결론적으로, 이 회장은 적시의 비전 제시를 통하여 그룹 내부에 변화와 혁신의 기운을 끊임없이 불어넣음으로써 지금의 삼성을 일궈냈던 것이다.

일각에서는 그의 자동차사업 진출 실패 등을 이유로 치적을 과소평가하는 경향이 있으나 경영이라는 것이 결정의 연속으로, 다소 간의 실수가 발생하더라도 실적이 실책을 압도할 경우 곧 묻혀버리게 된다. 그렇기에 국내외의 내로라하는 CEO들도 그의 일거수일투족에 그리고 삼성의 전략적 판단에 촉각을 곤두세우고 있는 것이다.

그럼에도 불구하고, 이 회장은 이처럼 잘나가는 삼성에 대해 채찍질을 멈추지 않는다. 무슨 이유에서인지 그 배경이 궁금하지 않을 수 없다. 아마도, 현재 그의 고민은 대략 두 가지로 압축될 수 있는 바 첫째, 삼성의 대표기업인 삼성전자가 소니, 히타치 등 일본 기업들을 제치는 데 성공했으나 그들이 경기 침체기 즉 과거 '잃어버린 10년' 동안 삼성전자에 빼앗겼던 글로벌 리더의 자리를 탈환하기 위해 대규모 투자를 집행 중에 있고 중국도 걸음마 단계를 벗어나 이제는 삼성을 따라잡겠다며 전의를 불태우고 있기 때문이다.

따라서 그는 중국과 일본 기업 사이에서 넛크래커(Nut-cracker) 신세가 되지 않도록, 신기술을 찾고 미래 수종 사업을 마련하는 데 많은 시간을 보내고 있음에 틀림없다. 그러나 그보다도 중요한 것은, 경영권 승계 작업을 가능한 한 빠른 시일 내 마치는 일일 것이다.

이 회장은 아직 60대 중반의 나이라고는 하나 불과 얼마 전 폐암 수술을 받은 바 있어, 언제든 선장 부재라는 위기상황이 발생할 가능성은 큰 데 반하여 그가 추진해온 승계 작업이 난항을 겪고 있기 때문이다. 이 회장만 하더라도 자신의 맏형, 둘째형을 경쟁자로 두고 후계싸움에서 승리함으로써 삼성이라는 거함을 이끄는 선장이 되었지만, 현재 그룹 안팎에서는 완벽한 인정을 받지 못한 채 후계 수업을 받고 있는 외아들 이재용 상무가 경영상 능력 검증이 충분치 않다고 하여 논란의 대상이 되고 있는 것이다.

게다가 이재용 상무는 E-삼성의 실패라는 부담까지 짊어지고 있다. IMF 외환위기 이후 '닷컴기업' 바람이 전 세계를 휩쓸고 있었을 당시 이 상무의 치적을 만들어 주고자 구조조정본부의 핵심 브레인들이 대거 투입되었던 E-삼성이라는 별동조직이 활동하고 있었다. 그러나 벤처 붐은 곧 사그라졌고 E-삼성도 그 바람에 된서리만 맞은 채 물러서고 말았다.

결과적으로, 이는 시민단체 진영에서 제기하는 이재용 상무의 경영능력 부재 논란에 기름을 붓는 계기가 됐으며 현재까지도 삼성의 가장 큰 고민으로 자리하고 있는 것이다.

그런데 시민단체들은 도대체 무슨 근거로, 사기업의 내부 문제인 이재용 상무의 경영승계 문제에까지 관여를 하려고 하는 것일까? 통상적으로, 창업 단계나 중소기업 규모에서는 누가 CEO를 하든 전혀 사회적인 관심의 대상이 아니다. 그러나 기업이 점차 성장해 감에 따라 회사의 자체자금 외에도 외부로부터 자금을 조달하게 되는데, 이 때 본격적으로 이해당사자가 등장하여 경영자를 견제하기 시작한다. 즉 채권자의 입장에서 CEO가 경영을 잘하여 원금과 이자를 제대로 갚아갈 수 있는지 감시하고자 하기 때문이다.

게다가 그 기업이 대기업의 규모로 커나갈 경우 채권자의 수도 늘어날 뿐만 아니라 채권액도 수천억 내지는 수조 원의 규모로까지 확대된다. 따라서 이 시점을 전후로 하여, 선진국에서는 소유권과 경영권이 분리되기도 하며 CEO는 점차 사회적인 관심의 대상이 돼 가는 것이다.

이는 중소기업과는 달리, 대기업에서는 CEO의 잘못된 판단이 빈번해지거나 치명적일 경우 경쟁력 약화가 해당기업의 도산에서 멈추질 않고 사회에까지 큰 파장을 미치기 때문이다. 단적인 예가 1999년 대우그룹의 부도 사태인데, 대우그룹의 부도는 계열사의 도산으로만 끝났던 것이 아니라 돈을 빌려준 채권은행들 그리고 다수의 중소 협력업체의 연쇄 부도로까지 이어짐으로써 결국에는 60조 원이 넘는 국민의 혈세가 투입되었던 것이다.

그러므로 대기업에 대한 사회적인 관심은 필연적일 수밖에 없다. 다시 말해서, 기업의 흥망이 소유주 사익의 영역을 넘어 사회적 영역인 공익에까지 막대한 영향을 끼칠 수 있기에 학계를 비롯한 시민단체에서 소유권과 경영권을 분리하는 기업지배구조 수정을 요구하기도 한다는 것이다.

이 같은 시민단체의 주장과 견제에도 불구하고, 이건희 회장은 후계자 선정문제에 있어서 전혀 흔들림이 없어 보인다. 사실, 이 회장의 입장에서도 이 상무의 선택에 대해 자신도 있고 무척 할 말도 많을 듯하다.

먼저, 이 회장이 향후 삼성을 이끌어갈 총수에 대해 어떤 역할을 기대하고 있는지, 이부터 알아보자. 그는 창업 이후 대기업으로 성장하기까지 '관리의 개념'이 우선시 됐던 선친의 시대에서, 국내외 시장에서 일등기업으로 도약하기 위해 '경쟁력 강화'에 몰두해왔던 자신의 시대를 지나, 이제는 글로벌 대기업으로서의 확고한 자리매김이 절실한 미래의 시대에는 '거대고객이나 경쟁자의 관계'가 무엇보다도 중요하다고 역설하고 있다. 다시 말해서, 미래의 삼성에서는 국제적인 안목과 더불어 그에 버금가는 인적 네트워크를 갖춘 글로벌 리더를 필요로 한다는 것이다.

그러면 이제는 삼성이 거론하는 이재용 상무의 자질과 내부 승계 필요성에 대해 살펴보자. 첫째, 이재용 상무는 이 회장의 젊은 시절을 압도하고도 남음이 있을 만큼 튼실한 기본 자질을 갖추었다는 점을 든다. 이 상무는 서울대 동양사학과에서 수학하였고, 일본의 명문 게이오대 대학원에서, 그리고 하버드대 박사과정에서 경영학을 전공하였던 엘리트 중의 엘리트라는 것이다.

둘째, 일부에서 이 회장이 후계경쟁을 거쳤다는 이유로 이 상무와의 차별성을 논하는 것과는 달리 이 회장은 자기 세대의 후계 다툼을 진정한 실력경쟁보다는 집안의 정치싸움으로 규정하면서, 이에 비한다면 자신의 아들은 일찍부터 체계적인 후계자 수업에 집중하고 있음을 거론한다. 더욱이 이 회장은 다른 재벌 2세들이 흔히 기획, 재무, 영업 등의 전통분야에서만 경험을 축적하고 있는 것에 비해 이 상무를 최고고객 담당임원으로 임명함으로써 GE와 같은 세계 초일류기업 집단들 그리고 빌 게이츠 등의 명망 있는 CEO들과 교류 관계를 넓혀가도록 한다는 계획이다.

따라서 이건희 회장은 이 상무의 근본 자질과 더불어 체계적인 후계수업을 통하여 습득해온 현장지식, 경험 그리고 인적 네트워크가 바탕이 되어 자신을 능가하는 CEO가 될 것을 믿어 의심치 않는다는 것이다.

셋째, 향후에도 얼마간은 창업자 집안의 카리스마가 기업 경영에 유리하게 작용한다는 주장이다. 즉 세간에서는 삼성을 초일류기업으로 칭송하고 있으나, 삼성이 세계적으로 이름을 알리기 시작한 것은 불과 수년 전 일이며 더욱이 GE와 같이 오랜 세월동안 초일류기업으로 자리를 굳건히 지키기 위해서는, 삼성 내에도 초일류기업으로서 전통을 이어가기 위한 '경험과 노하우'가 쌓여가야 하는 바, 그런 측면에서 볼 때 당분간은 일사불란한 조직체계 유지가 필요하며 창업자 집안이 그에 합당한 역할을 수행하겠다는 것이다.

넷째, 삼성은 자신들이 공기업은 아니나 우리 경제에 미치는 영향이 지대함을 충분히 인지하고 있기 때문에 시민단체나 학계에서 조언하는 바를 경청하고 심사숙고하겠다는 것이다. 그러나 도를 넘어서는 간섭이나 요구는 치열한 시장경쟁에 시시각각으로 노출되어 있는 기업의 집중력을 분산시킴으로써 조직원들의 사기를 떨어뜨리고 결국 기업을 혼란에 빠뜨릴 수 있으므로, 이제부터 경영승계 문제는 자신들에 위임함으로써 내부의 역량이 기업 활동 자체에 온전히 집중될 수 있도록 힘을 실어달라는 주장이다.

누가 옳고 누가 그른 것일까? 과연, 경영승계와 관련하여 정답은 존재하는 것인가? 삼성의 주장대로, 이재용 상무의 잠재력이나 삼성이 처한 상황 등을 감안한다면 이 상무의 후계승계에 대해 찬반이 엇갈릴 여지가 존재하고 있음을 부인할 수 없다.

그런데 이보다도 더 논란에 휩싸일 수 있는 여지는, CEO 선정 과정을 통하여 임명된 전문경영인 출신 CEO가 오히려 기업을 나락으로 떨어뜨렸던, 적잖은 예에서 찾을 수 있다. 다시 말해서 혈연에 의한 '대물림' 이었던 아니면 경영이 직업이라는 '전문경영인' 이었던 간에, 그들 앞에는 '불확실성' 이 기다리고 있기에 양자 모두에게 항용 실패의 가능성이 존재한다는 것이다.

그렇다면, 불확실성이 공존할 수밖에 없는 게 현실이라면 조금이라도 불확실성을 줄일 수 있는 쪽을 택해야 할 것이며, 그런 차원에서 볼 때 경영승계의 문제에 있어서도 자본주의의 기본원리라는 '경쟁의 원리' 를 적용해 볼 필요가 있다.

어느 누구라도 동의할 수 있는, 훌륭한 경영자란 급변하는 경영환경 속에서 현명한 의사결정을 통하여 기업의 성장을 이끄는 이라 할 수 있다. 그런데 훌륭한 경영자의 조건으로 의사결정 능력을 중요시 여기는 이유는 한치 앞을 내다볼 수 없는 인간의 한계

때문으로, 그로 인해 불확실성이 발생하며 이 같은 불확실성을 줄이고자 경영자에게 타고난 자질 뿐만 아니라 수많은 경험이 요구되는 것이다.

그런 측면에서, 미국 GE와 같은 초일류기업의 CEO 선출시스템을 참고해 볼 것을 제안한다. 그들은 내부적으로 잠재능력과 다양한 경험을 지닌 후보자들을 선정하고 이들 간의 치열한 경쟁을 유도·관리하다가 최종적으로 뽑힌, 검증된 자에게 경영권을 이양함으로써 'CEO의 실패 가능성' 을 줄여나가고 있는 것이다. 즉 필요한 시기에만 선정위원회를 급조하여 CEO를 임명하는 일시적인 경쟁 개념에서 한 발 더 나아가, 잠재 후보군을 구성하여 이들을 장기간 관리하면서 상호 경쟁시키고 이후로 선정이 필요한 때에는 외부의 후보자까지도 경합시키는, 진정한 의미의 경쟁 개념을 도입함으로써 '오류의 가능성' 을 줄이고 있다는 뜻이다.

이는 포드나 도요타 자동차 등의 가족 승계기업들에서도 예외는 아니다. 아무리 가계의 일원이라 할지라도 CEO에 이르기까지 치열한 경쟁과정을 거치는 것은 당연시되며, 더욱이 경영상의 문제가 발생할 경우 언제든 CEO의 자리에서 물러나기도 한다. 이는 장수하는 기업일수록 CEO의 선택에 신중을 기하고, 임명 후에도 CEO로서의 자질과 경영능력을 평가하는 객관적인 시스템이 잘 갖춰져 있음을 의미하는 것이다.

삼성이라는 거함이, 앞으로 얼마간은 이건희 회장의 바람대로 이재용 상무의 자질에 혹독한 훈련이 더해짐으로써 별 문제없이 항해할 수도 있을 것이다. 그러나 훗날 경쟁 없는 대물림으로 인하여, 갈수록 나약해지는 후손을 생산함으로써 삼성이 타의에 의해 해체되거나 남의 손에 넘어가는 불운이 발생하지 않는다고 누가 장담할 수 있겠는가. 이건희 회장이야말로 어느 누구보다도 삼성을 아끼고 걱정하는 사람일 것이다. 그렇기에, 세상은 이 회장의 현명한 판단과 결단을 기대하고 있는 것이다.

끝으로, 가족 승계기업의 성공사례라 꼽히는 도요타 자동차의 전문경영인 출신 히로시 오쿠다 회장의 내부승계에 관한 언급을 인용하면서 이 글을 마치고자 한다. "창업자 가문을 존중하는 차원에서 임원까지는 기회를 줄 수 있으나, 다음 단계부터는 스스로 실력에 따라야 한다. 무릇 피는, 시간이 지나면 흐려질 수밖에 없질 않는가."

당신이 만약 결정권자라면

　유엔에 가입한 회원국 기준으로, 2002년 현재 지구상에는 191개의 국가가 존재한다고 한다. 이 중에는 미국이나 프랑스처럼 선진 강대국이 있는가 하면, 21세기에 들어서야 독립을 쟁취한 동티모르와 같은 신생 약소국도 더불어 존재하고 있다.

　돌이켜보면, 지난 20세기 동안 국제 사회에서 그 국가적 위상에 흔들림 없는 안정세를 유지해왔던 나라는 그리 많지 않다. 세계 제2차 대전 전까지만 해도 세계 10대 선진국 중 하나였다던 아르헨티나는 이미 중진국으로 전락해 있는 반면에, 불과 몇 십 년 전까지만 해도 영국의 식민 통치를 받았던 싱가포르나 홍콩의 경우 이제 막강한 경제력을 보유한 도시국가로 전 세계의 주목을 받고 있고 우리나라도 급속한 경제발전을 거듭해오면서 어느덧 세계 12위권의 무역대국으로 뛰어올랐다.

　그런데, 지금 우리가 중진국과 선진국 사이에서 10여 년째 머물러 있다고 한다. 한국개발연구원(KDI)의 2006년도 보고서에 의하면 정치체제의 불안정성, 공공부문의 비대화, 그리고 노동시장의 경직성 등으로 인하여 선진국 문턱에 걸려 있다는 것이다.

그러나 그간의 위기 상황을 슬기롭게 극복해 온 스스로의 역량을 고려한다면 우리가 정체된 채 마냥 주저앉아 있지만은 않을 것이라는 예측이 가능하다. 그렇다면 그 다음이 문제일 것이다. 다시 말해서 선진국으로의 진입에 성공하더라도 어떤 모습으로 발을 들일 것이며, 어떠한 형태로 그 자리를 유지해 나갈 것인지가 문제라는 것이다. 우리는 지금 이른바 강대국을 지향하느냐 아니면 강소국을 지향하느냐는 선택의 기로에 서있다는 뜻이다.

〈강대국의 분류 기준〉

강대국이나 강소국으로 분류하는 기준이 딱히 정해져 있는 것은 아니나 사전(辭典)적 의미로 보면, '강대국이란 18세기 이후 근대화의 체계를 갖춘 나라들 중 국제관계에서 정치적, 군사적, 경제적으로 자립적인 활동기반을 확보하고 다른 나라들에 영향력을 미치는 국가'를 일컫는다. 따라서 위의 조건을 만족시키는 나라들로는 미국, 프랑스, 영국, 중국, 러시아 정도가 아닐까 여겨진다. 혹자는 일본이나 독일을 강대국으로 분류하고도 있지만 과거 2차 세계대전의 패전국으로, 경제력과 군사력에 비해서는 여타 국가에 미치는 정치적인 무게감이나 영향력이 크다 할 수 없어 강대국으로 보기에는 무리가 따른다는 판단이다. 특히 일본의 경우 과거 군국주의자의 후손들이 반성의 기미조차도 보이지 않는 채 지금도 정치계를 좌지우지하고 있어 주변국들의 지지와 존경에서 점점 멀어져가고 있는 형편이다.

〈강소국의 특징〉

한편 강소국의 사전적 의미를 살펴보면, '스웨덴, 아일랜드, 네덜란드, 핀란드, 스위스, 싱가포르 등과 같이 면적이나 인구규모 면에서 타고난 조건은 열악하다고 할 수 있으나 끝내 이를 극복하고 경제적인 부를 일궈낸 국가들'을 가리킨다.

그런데 이들에게는 무엇보다도 일찍부터 미래를 위한 국가 비전을 세우고 이를 달성하기 위하여 국민적 에너지를 결집시키는 데 성공했다는 공통점이 있다. 나아가, 외국인 및 외국자본에 대한 개방성과 기업입국(企業立國) 환경의 조성에 전력을 다했다는 특징이 발견된다.

삼성경제연구소는 연례보고서를 통하여, 강소국들은 공히 각자가 처해있는 태생적 한계와 위기 상황을 슬기롭게 극복함으로써 환골탈태할 수 있었음을 날카롭게 지적하고 있다.

먼저 유럽의 작은 거인이라 불리는 네덜란드를 보자. 1500만 명의 인구에, 특별한 부존자원이 없는 나라임에도 불구하고 경제 규모는 세계 13위권을 유지하고 있으며 2004년도 1인당 국민소 득이 거의 3만 달러에 육박하는 등 유럽국가들 중에서도 상위를 차지하는 강소국으로 그 명성을 떨치고 있다.

그러나 그들도 성장과정이 그리 순탄했던 것만은 아니다. 1970 년대 중반, 1만 달러를 달성한 이래로 과도한 사회보장 지출과 이로 따른 재정적자로 인해 심각한 위기 상황을 겪게 된 것인데 위기감이 점점 팽배해져가는 가운데 경제개혁을 요구하는 국민적 공감대가 형성되기에 이르렀고 이를 바탕으로 노사정위원회 등 사회통합 메커니즘이 작동하기 시작했다. 이후로 사회가 안정을 찾아가면서 복지축소, 규제완화 등의 경제개혁 추진이 기업경쟁력 강화로 이어짐에 따라 국가 경쟁력을 신속하게 회복할 수 있었던 것이다.

이 외에도, 대외지향형 개방경제를 추구하여 강소국 진입에 성공한 아일랜드가 있는데, 이들 또한 오랫동안 서유럽의 병자로 알려졌을 만큼 허약한 경제체질에 허덕이고 있었다. 그러던 것이 1980년대 후반부터 고도성장을 지속함으로써 1989년 1인당 국민소득 1만 달러 달성을 기점으로, 불과 7년 후에는 2만 달러를 시현하게 된 것이다.

실로 아일랜드의 경제기적은 정부의 적극적인 개방정책과 피땀 어린 외자유치 정책에 힘입은 바 크다. 경제규모가 작은 나라로서 기업하기 좋은 환경을 구축하는데 많은 노력을 쏟아 부었던 것이다. 여타 유럽 국가들이 25~40%의 법인세율을 부과하는 동안 아일랜드는 유수의 다국적 기업들을 유치하기 위하여 1980년부터 10%의 법인세를 부과하고 있었던 것이다. 이러한 정책에 힘입어 1980년대 후반 이후로 다국적기업의 진출이 가속화되었고 현재에는 약 1200여 개의 외국계 기업이 13만 명 수준의 신규 고용창출에 기여하고 있다.

핀란드의 경우는 누구보다도 먼저 확실한 경쟁력을 갖춘 선점산업과 선진국들이 손대지 않은 틈새시장을 골라 세계적인 경쟁력을 확보해 가는 강소국의 전형적 생존방식인, 이른바 '선택과 집중'의 전략을 구사한 케이스다. 핀란드 정부는 의회 내에 미래위원회를 설치하고 지속적으로 미래전략에 관심을 쏟고 있으며 새로 집권하는 정당이 15년 뒤의 미래사회를 예측해 비전과 발전

전략을 국회에 제출하도록 법으로 정해놓기까지 한다는 것이다.

위의 성공사례에서 확인된 바와 같이 인적자원 외에는 기댈게 없음으로 해서 강소국을 롤 모델로 삼고 있다면 일찍이 국가의 미래 비전을 확립하고 국민의 뜻을 결집하여 기업입국으로 가는 것이 무엇보다도 중요한 일일 것이다. 그럼에도 불구하고 선진국 진입을 목전에 두고서도 향후 나아가야할 방향을 어떻게 설정할 것인지에 대한 공론화의 움직임이 더딘 듯 진행되고 있는 것이 우리의 현실이다.

정부에서 한 때 그 의미조차도 애매하기만한 '강중국 로드맵' 을 구상중이라는 발표가 있었으나 국민들의 합의를 이끌어낼 만 한 실행방안을 마련했다는 소식은 어디에서도 들리질 않고 있다. 오히려, 민간부문에서 향후 역할모델에 대한 논의가 활발히 진행 되어 오고 있는 형국이다. 특히 삼성그룹의 이건희 회장은 2003 년도 경 스웨덴, 핀란드 등지에 출장을 다녀온 이후로 언론매체 를 통하여 자신의 견해를 심심찮게 밝히고 있다.

그는, "과거 강한 나라라고 하면 주로 국토의 크기와 인구에 의 존하는 대국을 의미했지만, 21세기 과학기술의 시대에는 소국이 라도 휴먼 파워의 기반 하에 무형의 기술력과 지식정보로도 강한 나라가 될 수 있다"는 주장을 한다. 그러한 취지에서 보자면 나 또한 강소국의 모델을 지지하는 사람 중의 하나일 것이다.

〈강대국 추진이 난망한 이유〉

그러나 일각에서는 이웃 일본의 강대국 추진을 예로 들면서 우리나라의 강대국화에 강한 희망을 걸고 있다. 그렇다면, 그들에게 우리가 직면하고 있는 현실을 올바르게 직시하고 있는 것인지 묻지 않을 수 없다.

우선, 강대국으로 가기 위해서는 자국의 시장 규모만으로도 경제 강국이 가능한 인구의 수를 확보하고 있어야 함은 물론이거니와 타국들까지도 매력을 느낄 만큼 그 규모가 거대해야 한다.

다음으로, 국토의 규모인데 우리의 경우 부존자원의 혜택을 기대할 수 없을 뿐만 아니라 효율성이 낮은 국토의 크기도 한계로 작용한다. 즉 가용면적의 상대적 협소함으로 포괄할 수 있는 산업의 종류가 다양화될 수 없음에 따라 무엇이든 다 하겠다는 과욕보다는 보다 잘 할 수 있는 특정분야에 대한 선택과 집중이 더욱 중요시 될 수 있다는 의미다.

셋째, 우리의 지정학적인 위치를 보더라도 강대국 모델을 채택하는 것이 그다지 바람직해 보이지 않는다는 것이다. 굳이 강대국을 지향한다면 우리의 주요 거래자이며 통일 후에는 서로 국경을 맞대고 있게 될 중국과의 마찰이 불가피할 것으로 보이며 이는 한반도 지역에 불필요한 긴장관계를 조성함으로써 경제적인 측면에서 득이 될게 없다.

오히려 일본과 중국 등의 군사강국들 사이에서 스스로를 중립으로 위치시킴으로써 우리의 몸값을 더욱 상승시켜 나가는 '운용의 묘'를 발휘해야 한다.

그런 측면이라면 우리와 주변 환경 및 여건이 매우 흡사한 스위스, 네덜란드, 벨기에와 같은 강소국을 참고할 필요가 있다.

이들은 영국, 독일, 프랑스 등 지중해 연안의 강대국을 이웃으로 우크라이나, 헝가리, 폴란드 등 동유럽 약소국들을 끼고 있으면서 지경학적(地經學的) 이점, 즉 그들 사이에서 무역 중계자로 적절히 기능함으로써 강소국의 입지를 굳혀가고 있는 것이다.

이와 마찬가지로 우리도 일본, 중국, 러시아 같은 강국뿐만 아니라 인도네시아, 말레이시아, 태국 등 동남아시아의 개발도상 국가들로 둘러싸여 있어 무역의 중계기지 또는 물류기지로서 부를 창출해 나갈 수 있는 기회를 활용할 수 있다. 더욱이 향후 통일을 가정한다면 일본을 시발점으로 하여, 부산에서 중국 또는 러시아를 거쳐 유럽으로까지 이어지는 대륙횡단철도가 현실화될 경우 중계자로서 보다 지대한 역할을 담당할 수 있다.

〈개방성과 세계화를 기반으로 강소국을 지향〉

거듭 강조하는 바이지만, 겉모양새를 의식하여 현실적인 한계를 외면하는 소위 '장밋빛 강대국 지향주의'로는 자칫 전부를 얻으려다 모두를 다 잃고 마는 우를 범할 수 있음을 명심해야 한다. 인구나 자원의 태생적인 한계를 지닌 우리로서는 미국이나 프랑스처럼 거대시장의 강대국은 지향점이 될 수 없을 뿐더러 더군다나 군사강국화는 지정학적 위치를 단점으로 전락시키는 하계(下計)가 될 수 있음을 주지해야 한다는 뜻이다.

따라서 내가 만약 결정권자라면, '개방성과 세계화'를 기반으로 하는 기업입국을 추진함과 더불어 지정학적 위치를 장점으로 활용하는 강소국을 한국경제의 새로운 발전모델로 삼고자할 것이다. 그렇다면, 당신은?

•제3장•

글로벌 스탠더드로
본 우리 사회

역사란 무엇인가

　개인적인 역사관 또는 역사적인 관점을 공개한다는 것은 무척이나 부담스러운 일이다. 역사학을 전공하고 평생을 바쳐 연구해 온 전문가도 아닌 입장에서 역사를 해석하고 나름의 정의를 내린다는 것 자체가 두렵기 때문이며, 한편으로는 혹시 얄팍한 지식으로 창피나 당하지 않을까 하는 걱정도 앞서기 때문이다. 그러나 누구에게든 역사관이라는 것이 있게 마련이고 게다가 나라는 존재가 세상 밖으로 드러나 있지 않은 까닭에 설익은 역사관으로 말미암아 사회에 폐를 끼치게 될 염려가 전혀 없을 터이니 과감히 용기를 내, 글로써 남겨 보고자 한다.

　역사란 무엇일까? 대체로 사람들은 역사의 흐름 속에 내재된 세상의 이치를 깨닫기 위해 나아가서는 세상을 바라보는 통찰력을 키우기 위해 역사를 공부하고, 가까이한다고 대답할 것이다. 물론 내게도 해당되는 말이다. 나 역시 역사 속에서 만나게 되는 수많은 위인이나 사례들을 통하여 내가 더 걸어가야 할 인생에 보탬을 주고자 한다. 그러나 고백하건대 이유가 단지 그 뿐이었다면, 오랜 시간을 통하여 그 많은 역사서들과 씨름할 필요가 없었을 것이다. 내게는 분명히 역사를 공부하고 즐기는 이유가 하나 더 존재한다.

알려진 바대로 세계 4대 문명의 시작은 이집트의 나일 강 유역에서, 중동의 메소포타미아에서, 인도의 인더스 강에서, 그리고 중국 황하지역에서였다. 따라서 어디에서도 서구 유럽은 그 흔적을 찾아 볼 수 없다. 그럼에도 불구하고 근세의 흐름은 어떠한가? 15세기를 전후로 서구 사회는 비약적인 발전을 거듭한 끝에 동양을 압도하면서 근·현대사의 주인공 노릇을 해왔다.

그렇다면, 서양이 그렇게 발전을 거듭해올 수 있었던 근본적인 원인이나 토대는 어디에 있었을까? 나의 역사에 대한 관심은 거기에서도 시작되었던 것이다.

흔히들 서양의 모태는 그리스·로마 문명이라고 한다. 그런데 일부에서는 그리스 문명이 이집트에서 그리고 중동지역으로부터 많은 부분 영향을 받아왔다고 하여 그 가치를 과소평가하기도 한다. 그러나 기실 문명이라는 것이 100% 복제가 가능한 것도 아니고 문명이 온전히 전이되었다 하더라도 받아들이는 측의 지역적 특성이나 민족적 기질 등에 따라 그에 맞게 변형되기 십상이며 더욱이 어떤 것은 문명이 태동한 곳에서보다도 진일보하기 때문에 문명의 발상지인 4대 문명에 끼지 못한다고 해서 혹은 상위 문명으로부터 일정부분 영향을 받아왔다고 해서 그리스 문명을 하위 취급하거나 독자적이지 못하다고 폄하하는 것은 타당한 일이 아닐 것이다.

다만 로마제국의 경우 그리스 문명을 이어받았던 적자임에는 논란의 여지가 없을 것으로 보인다. 이는 로마의 많은 정치가들이 공공연하게 그리스로부터 배우고자 했고 선진 문명을 받아들이고자 했던 사실들이 이미 문헌 등을 통해 밝혀진 바 있기 때문이다. 또한 우리가 익히 알고 있는 그리스의 다신문화가 로마에 전수되었고 따라서 그리스의 신들과 로마의 신들은 이름만 다를 뿐 사실상 동일체라 할 수 있는 바, 이와 같은 사실에서도 그리스와 로마문명의 동질성을 확인할 수 있다. 게다가 지역적으로나 인종적으로도, 그리스가 이집트나 중동지역과 나누는 동질성보다는 로마와 나누는 동질성이 더욱 컸을 수 있을 것이다.

이야기를 본격적으로 전개하기에 앞서, 몇 가지 전제사항을 미리 밝혀두고자 한다. 첫째, 동양이라 함은 우리나라, 일본 그리고 중국을 일컫는 지리적 관점에서의 극동이 아니라 서양의 대척점으로서의 동양 즉 중동과 아시아 지역까지도 포함하고 있다는 것이다.

둘째, 동서양의 문명을 비교하기 위해서는 반드시 과거 역사 속에서 명멸해 갔던 유수의 제국들과의 비교가 필요하겠으나 그 각각의 문명을 상세히 끄집어내기 위해서는 이처럼 짧은 지면으로는 도저히 불가능할 뿐만 아니라 턱없이 부족한 나의 능력으로도 힘에 부치는 일임을 인정하지 않을 수 없다. 따라서 문명사적 무게감에서 아시아의 어느 제국에도 뒤지지 않는 중국을 주 비교대상으로 삼고자 한다.

셋째, 근대 이후 서양이 동양을 앞설 수 있었던 근원(根源)을 들라고 하면 사람들마다 각각 상이한 의견을 내놓을 수 있을 것이다. 예컨대 어떤 이는 결코 안주하지 않으려는 서양인들의 끝없는 도전정신, 이를테면 '대항해시대'의 주도, 혹은 다른 이는 서양인들의 논리적이고 합리적인 사고로부터 출발한 과학 발달의 차이에서 비롯되었다고도 할 것이다.

그러나 사회의 발전 나아가서는 문명의 진보라는 것이 결국 인간으로부터 출발하는 것이고 이러한 문명의 진보를 이끄는 인재풀을 성공적으로 확보하기 위해서는 그 사회가 '열린 체제'인가, 다시 말해서 그 사회 구성원들에게 인간으로서의 권리와 스스로 발전해 나가고자 하는 기회가 주어짐으로써 그들이 얼마만큼 사회발전의 원동력으로 작용했느냐의 문제로 귀착되기에 여기서는 동서양이 추구해 왔던 정치제도 또는 구조를 파악해 봄으로써 그

근원을 찾아보고자 한다.

예로부터 우리나라와 일본은 물론 베트남 등의 아시아 국가들에까지 미쳤던 중국의 정치적, 문화적 영향력은 그리스나 로마가 유럽사회에서 차지했던 비중에 비해 결코 뒤진다고 할 수 없을 것이다. 문명사적인 측면에서도 중국은 자신들의 3대 과학업적으로 꼽히는 화약과 종이, 나침반을 발명하여 유럽 등지에 전해 줌으로써 인류 역사의 진보에 중대한 기여를 해왔고 당나라 때에는 실크로드 개척에 나섬으로써 동양과 서양이 더욱 활발히 소통하는 계기를 제공하기도 했으며 정치적으로는 동남아의 각 나라들까지 아울렀을 만큼 거대제국의 면면을 갖추고 있었다. 반면에 유럽의 경우 로마제국 이후 중세기까지는 어느 나라도 중국과 같이 엄청난 크기의 영토와 부를 기반으로 제국의 형태를 유지하면서 주변국에 절대적인 영향력을 더 이상은 행사하지 못했다.

통상 거대제국이 형성될 경우 주변 지역 내로 정치적 안정성이 높아지고 경제활동이 왕성해지게 된다고 한다. 그런 가운데 제국이 생산해내는 부를 바탕으로 문명의 진보가 가속화되는데, 이러한 측면에서 오히려 중국에 뒤떨어지는 모습이었다. 그럼에도 불구하고 그러한 거대제국 중국이 어느 사이에, 무엇 때문에 서구에 뒤처지게 된 것일까?

고대 그리스는 아테네, 스파르타와 같이 폴리스라고 불리는 도시국가들의 집합체로 이루어졌다. 이들 폴리스에서도 가장 강대한 세력 중 하나였던 아테네는 왕정(Monarchy), 귀족정(Aristocracy), 과두정(Oligarchy), 참주정(Tyrant), 민주정(Democracy)을 차례로 경험하면서 대부분의 폴리스들에게 정치제도적인 측면에서 지대한 영향을 끼쳐왔다. 특히 아테네에서는 초기 왕정에서, 소수의 귀족들에게 대부분의 권력이 집중되는 귀족정으로, 그리고 마침내는 시민들이 민회를 통하여 전쟁이나 관리의 선출과 같은 중대한 국가적 사항에 대해 논의하고 투표로 결정하는 민주정으로까지 발전하였는데 이는 권력의 주체가 소수로부터 점차 대중으로까지 확대되었음을 의미한다.

이처럼 권력이 분산되어 가는 과정에서 정체성과 자율성으로 무장한 '능동적 개인'이 출현하게 되었고 이들이 점차 세력화함으로써 여타 고대사회에서는 찾아볼 수 없는 정치구조와 철학사상, 과학이론 등 각 부문에서 그리스만의 독특한 문명이 피어나게 된 것이다.

이후 그리스의 정신은 그리스 도시국가들의 위세가 약화된 이래로 로마제국으로 이어져 한층 발전하였고 중세에서 잠시 멈칫하는 양상을 보이기도 했으나 말기에는 다시금 부활의 기지개를 켜고 있었다. 즉 유럽의 한 쪽 이탈리아 반도에서 고대 그리스·로마 문명의 계승자로 자처하는 베네치아, 피렌체, 밀라노 등의 도시국가들이 '열린 체제'의 정치구조를 구축·유지하고 있었고 무역의 중심지로도 기능하며 부를 축적해 오고 있었던 것이다.

따라서 열린 정치구조와 더불어 충분한 부를 갖춘 도시국가의 재출현은 필연적으로 개인의 성장과 함께 사회의 발전을 초래했던 바 15세기에 이르러 마침내 유럽은 무기력의 상태에서 벗어나 거의 모든 영역에서 중국으로 대표되는 동양을 따라잡기 시작한 것이다.

반면에 중국의 경우 한나라나 당나라와 같이 거대제국이 중국 전체를 지배해왔던 아니면 춘추전국시대처럼 여러 나라들이 자웅을 겨루어 왔던 간에 정치체제는, 권좌의 주인만이 바뀌고 있을 뿐 황제 1인에게 모든 권력이 집중되고 신하들은 단지 소극적인 견제 내지는 보좌하는 역할에 그치는 전제통치체제가 항상 중심에 자리하고 있었으며 중국의 대중들은 중앙집권적인 왕조의 통치 하에서 '지배의 대상'으로서만 존재할 따름이었다. 이와 같은 정치체제는 근대에 들어와 서양의 침탈이 본격화되는 시점에서도 흔들림 없이 지속되어 왔다.

그렇다면 이쯤에서 동서양간 발전의 간극은 고대의 정치구조의 차이로부터 비롯되었음을 유추할 수 있을 것이다. 그럼에도 불구하고 또 다른 의문이 드는 것은, 왜 동서양의 간극이 고대로부터 벌어지지 않고 15세기에 들어서야 발생하기 시작했느냐는 점이다.

고대사회에서는 그리스의 도시국가들처럼 무역으로 부를 축적하는 경우도 있었으나 교역 대상이 비단, 모피류, 향료, 말 등 주로 산지 특산물에 한정되었던 탓에 그 규모가 미미하여 거대한 부를 이루기 위해서는 반드시 농업을 주 산업으로 삼을 필요가 있었다. 따라서 과거의 제국들은 앞 다투어 영토를 넓혀가고자 했던 것이고 4대 문명 발상지의 하나이자 거대 농경문화의 중심에 자리하고 있던 중국이 그러한 농업을 기반으로 부를 축적함으로써 문명의 발달도 자연스레 따라오게 된 것이다.

그러나 15세기를 전후로 유럽에서는 농업이 서서히 퇴보하고 상공업의 규모가 확대되면서 상공업, 무역 등으로 주 산업이 바뀌게 되는데 그 분야에서는 '개인의 능력'을 더 필요로 하고 있었다. 즉 고대에서 중세기까지는 농장비 개발이나 농기술의 발달이 더뎠던 관계로 '개개인의 기술력' 보다는, 대규모 수로나 관개공사를 수행하는 '국가의 힘'이 필요충분조건이었다. 이에 반하여 상공업, 무역 등에서는 상대적으로 '개인의 능력'에 대한 의존도가 훨씬 커 감에 따라, 비록 중국이 시대적 흐름의 변화를 감지하는데 실패하기도 했지만 대중들 즉 개인이 자라날 수 없었던 중국이 결국 뒤쳐지게 된 것이다.

그렇다면 태생적으로 중국인은 서양인에 비해 지적 능력이 떨어짐으로 해서 다양한 정치제도를 창안하지 못했던 것일까? 리처드 니스벳 교수는 그의 저서 '생각의 지도'를 통하여 동서양간 상이한 정치구조가 자리 잡게 된 배경을 그리스와 중국의 지리적 특성의 차이로 해석한다.

말하자면, 그리스는 평야가 적고 산지가 많으며 겨울이 온난 습윤한 대신에 여름이 고온 건조하여 농업보다는 사냥, 수렵, 목축에 적합했다는 것이다. 따라서 고대 그리스인들은 부족한 식량과 필요한 물자를 해외에서 공급받고자 일찍부터 해상 무역활동을 전개하였는데 이러한 업종은 농업에 비해 이웃과의 협동이나 연대가 그다지 중요하지 않았을 뿐만 아니라 특히 무역업에 종사하는 경우 타 문화권과의 빈번한 접촉을 통하여 견문을 넓힐 수 있음에 따라 개인의 자유, 개성 등 자의식이 발달하는 계기가 되었다.

한편으로는, 폴리스의 많지 않은 인구수도 시민들이 자의식을 키워가는 요인으로 작용하였다. 다시 말해서 그리스는 분지나 해안의 평야지대에 자리 잡은 각각의 촌락들이 지리적으로 고립된 상태에서 도시국가인 폴리스로 성장했는데 폴리스의 규모는 인구 5천여 명 정도가 대부분으로, 모든 시민에게 주어진 권리와 책임이 공동 분배되지 않고는 작은 도시국가를 이끌어가기가 어려웠다. 이에 시민들은 주인의식을 바탕으로 사회에 적극적으로 참여함으로써 개개인의 역량을 향상시킬 수 있었다.

반면에 중국의 자연 환경은 대체로 낮고 평탄한 산지에, 주로 항해가 가능한 강들로 이루어져 있어 농경에 적합하였고 중앙집권적인 정치구조에 유리했다. 따라서 농경민들에 중요한 것은 상호간의 화목한 생활이었고 특히 쌀농사의 경우 관개공사 등을 통한 공동작업의 연속이었기 때문에 상호 협조관계 유지가 당연시되었다.

이러한 상황은 정치적으로 중앙집권적인 구조를 형성하게 한다. 즉 소작농들은 부락의 연장자들이나 권력자의 지배를 받아야 했으며 지역의 권력자들은 다시 황제의 지배 하에 있었다. 이처럼 중국인들은 그들의 생태환경으로 인해 매우 복잡한 사회적인 관계를 맺거나 제약 속에 살고 있었으며 또한 살아남기 위해서는 무엇보다도 조화로운 인간관계가 중요시되었던 것이다. 그러므로 중국인들에게 자의식의 발달을 기대하기가 요원할 수밖에 없었다.

결론적으로, 그리스인에게 개인이란 '자율성이 부여된 독립적인 존재'를 의미한다면 중국인에게 있어서의 개인은 '특정집단에 소속된 구성원'으로만 존재함으로써 그리스인들만큼 자의식이 발달할 수 없는 환경구조였다는 것이다.

앞서도 언급했던 바와 같이 그리스의 독특한 정치제도는 로마제국이 계승·발전시키게 되는데 로마도 처음에는 티베르강 유역의 조그마한 언덕을 기반으로 하는 도시국가로 출발했다. 이후, 오랜 동안의 공화정(Republic)을 거쳐, 로마제국 사상 최고의 장군이자 천재 정치가인 율리우스 카이사르 이후에는 사실상의 원수정(Principatus) 체제로, 거대제국을 경영해 왔다.

로마의 공화정을 살펴보면 공화정 시행 초기에는 국가의 정책을 집행하는 2명의 집정관과 지금의 국회에 해당하는 원로원이 국가를 움직이는 쌍두마차로 기능하고 있었으며 귀족계층이 집정관과 원로원을 장악하고 있었다. 그러나 이 당시에도 과거 고대 그리스에서와 같이 시민들은 평상시 생업에 종사하다가도 전쟁이 발발할 시에는 군인으로 나가 싸우거나 조세를 책임지는 등 국가의 구성원 중 하나로, 나라 발전에 지대한 기여를 해오고 있었던 것이다. 따라서 책임만 있을 뿐 이에 부합하는 정치참여의 기회가 거의 없었던 시민들은 마침내 투쟁에 뛰어들었고 이에 평민들의 목소리를 대변하는 평민회가 구성되기에 이르러 그 의장으로 호민관을 선출하게 되었다.

한편, 원수정의 시대에 들어와서도 로마의 정치시스템은 여전히 유효했다. 북부유럽을 제외한 유럽 전지역, 그리고 이집트와 아시아의 메소포타미아 유역까지 아우른 거대제국을 형성함에 따라 지배의 효율성을 강화하기 위해 황제 1인에게 권력을 집중시키는 원수정으로 전환하게 된 것이다. 그럼에도 불구하고 로마 황제의 권한은 동양에서의 왕권과는 사뭇 다른 양상이었다. 즉 동양의 경우 왕이란 지위는 곧 거부할 수 없는 절대권력을 상징하고 있었던 반면 로마제국에서는 원로원이 여전히 건재해 있어 이를 통한 적절한 견제 및 감시가 이루어지고 있었다.

예컨대 로마제국의 초대황제인 아우구스투스의 경우, 자신 스스로를 시민 중에서 제1인자라는 프린켑스(Princeps)로 낮추며 제국 시민들의 눈치를 봐야할 정도였다. 더욱이 황제가 무능하거나 전횡을 일삼는 경우에는 경쟁관계에 있는 정치가들에 의해 때로는 시민들에 의해 권좌에서 쫓겨나는 일이 비일비재했다. 따라서 황제들은 항상 여론을 중시할 수밖에 없었고 때로는 민심을 달래기 위한 방편으로 검투장, 대중 목욕장, 도로 등의 공공시설 건설이나 유지에 많은 노력을 기울이기도 했다.

여기서 혹자는 그리스시대의 민주정이 로마에 전승되지 않았음을 이유로 로마시대가 더 퇴보한 것이 아닌가하는 의문을 제기할 수 있을 것이다. 그러나 그 당시의 민주정이라는 것이 정치적으로 노예는 물론이고 외국인이나 여자는 배제하는 등 지금처럼 모든 이들에게 참여의 기회가 부여되지는 않았다. 게다가 당시 로마제국의 인구수를 감안한다면 시민들이 광장에 모여 토론을 통하여 합의를 해가는 그리스식의 직접 민주주의는 오히려 국가 경영의 효율성에 더 큰 문제를 낳을 수 있었을 것이다.

그렇다면 로마시대가 고대 그리스보다도 더 발전된 모습이었다는 것은 무엇을 근거에 두었던 것일까? 먼저 고대 그리스시대는 시민을, 부모가 모두 그리스 시민권자인 성인 남자로 매우 협소하게 정의하고 있었다. 더욱이 그들은 자신들과 언어가 다른 사람들을 열등한 자라는 의미로 '바르바로이' 라 부르며 매우 멸시하기도 했다. 예를 들면 외국인은 한 폴리스에서 아무리 오래 살고 있어도 또한 국가 발전에 지대한 공헌을 했더라도 절대로 시민권을 취득할 수 없었다. 이러한 배타성으로 인해 새로운 피가 수혈되지 않음에 따라 결국에는 그리스 쇠퇴의 결정적 요인으로 작용하게 되었던 것이다.

이에 반하여 로마의 시민개념은 그리스와는 확연하게 구분되는 요소가 존재하고 있었는데 그것은 다름 아닌 '개방성' 이었다. 로마는 공화정시대 이래로 외국인들도 몇 가지의 간단한 구성요건만 갖추면 로마시민이 될 수 있었으며 심지어는 노예도 재산을 모아서 해방된 경우 로마시민에 편입될 수 있었을 뿐만 아니라 본인의 능력 여하에 따라서는 국가의 고위직에까지 오르기도 했다.

〈로마인 이야기〉의 저자 시오노 나나미는 그리스와 로마간의 차이를 다음과 같이 설명한다. 폐쇄성을 지닌 채 국지적인 지배에 만족했던 그리스는 결국 붕괴하고 말았지만 외국인 심지어 노예까지도 인재로 활용할 줄 알았던 '로마인의 개방성'은 로마가 도시국가에 머물지 않고 제국으로까지 확장할 수 있는 원동력으로 작용했다는 것이다. 이것이 바로, 정치적 측면에서 로마가 더 진일보한 모습을 보였던 근본 이유이자 로마정신의 백미라고 하겠다.

성자필쇠(盛者必衰)라고 했던가. 영원할 것만 같던 로마제국이 붕괴된 이래로 유럽에는 암흑기라고 불리던 중세시대가 도래하였다. 중세기는 대략 로마제국이 멸망한 5세기 후반부터 르네상스(Renaissance)가 본격화되는 시점인 15세기까지를 이른다. 그런데 왜 학자들은 중세를 암흑기라고 평가하는 것일까? 이는 기독교에 의해 고대 그리스·로마 사상이 거의 소멸되었기 때문이었다.

〈국제정치 이야기〉의 저자 김준형 교수에 따르면, 기독교가 성립하고 로마제국의 말기 콘스탄티누스 황제에 의해 국교로 공인되기까지, 기독교는 당시에 존재하던 각종 사상들과 경쟁해야만 했다는 것이다. 그 중에서도 주로 철학에서 기독교에 대한 강력한 비판들이 이루어졌는데 이는 합리성을 중시하는 철학의 입장에서 볼 때 신의 절대성을 고수하는 기독교가 매우 비합리적으로 보였기 때문이었다. 따라서 당시 유럽사회에서 뛰어난 지적 재능을 가진 인재들은 기독교 교리의 체계화와 세력 확장에 투입되었을 뿐 기독교의 시각과는 다른, 모든 유형의 탐구는 금지되었던 것이다.

이러한 과정을 거치면서 고대 그리스를 중심으로 이루어졌던 모든 문명은 사라졌으며, 개인 사상의 위축과 더불어 지적 수준도 퇴보하고 말았던 것이다. 다만 정치 제도적인 관점에서 볼 때 '퇴보'로만 단정 지을 수 없을 것으로 보이지만 말이다.

앞서도 언급했듯이 중세기 동안에도 이탈리아 반도에서는 피렌체, 밀라노, 베네치아 등 고대 그리스와 로마의 정신을 계승한 도시국가들이 그 맥을 이어가고 있었다. 그들의 상선은 지중해의 해상권을 장악했으며 스스로를 유럽의 상업 중심지로 만들어 갔다. 이와 같은 번영의 우위는 이들 국가가 '열린 체제'의 정치제도를 구축하고 이를 견고히 유지해 왔기 때문에 가능할 수 있었다. 공화제(Republic)를 토대로 하여, 정치적인 환경이 급변할 경우 피렌체처럼 참주제[1](Tyrant)를 도입하는 예도 있었으나 그 기본 원칙은, 시민 전체가 나라 일에 직접 참여할 수 있도록 길을 열어 놓는 것이었다.

한편, 이탈리아의 도시국가들은 지중해 무역으로 일궈낸 막대한 부를 바탕으로 동로마제국 멸망 이후 이슬람 문화권에서 보존

---

1) 왕이나 황제가 아닌 독재자가 통치하는 정치 형태

되어 오던 고대 그리스 저작들을 사 모으고 연구케 했는데 이러한 움직임들이 점차 학문분야로 다양하게 확대되어 가는 동시에 유럽 곳곳에 전파됨에 따라 마침내는 유럽 전체에 '르네상스 정신'[2]이 지배정신으로 자리매김하여 근대 서양문명의 도약을 촉발하였다.

이처럼 도시국가들이 촉매제 역할을 담당할 수 있었던 이유는 그 당시가 '십자군 전쟁'[3]의 실패 등으로 교황의 세력이 약화되던 시기와 맞물려 있기도 했으나 무엇보다도 그들의 '자유로운 정신'에 근거하고 있었다. 이들은 그 시절에 이미 시민들에게 사상의 자유를 용인해 주었을 정도로, 예컨대 교황의 파문을 받은 교황청의 정적들이 그들 나라로 피신하기도 했는가하면 심지어 교황청의 금서조차도 유통되고 있었다.

그러나 1453년 동로마 제국을 멸망시킨 이슬람권의 오스만튀르크 제국이 지중해를 장악함에 따라 이탈리아의 도시국가들은 무역로 확보에 어려움을 겪게 되었고 설상가상으로 스페인, 프랑스, 포르투갈, 영국 등 절대군주제 하의 국가들이 부상함으로써 존폐의 위기에 놓이게 됐다.

---

2) 고대 그리스·로마 문명을 바탕으로, 중세의 신 중심적인 사고에서 벗어나 인간 중심적인 사고로 회귀하고자 했던 시대적 사조
3) 총 8차에 걸쳐 이루어졌으며 이슬람권의 예루살렘 정복 이후 서유럽 공동체가 성지 회복을 위해 일으켰던 전쟁

그렇다면 위의 왕정국가들이 출현하게 된 배경은 무엇일까? 이는 전염병과 기근 그리고 끊임없는 전쟁 등으로 14세기 무렵부터 농업이 쇠퇴함에 따라 장원경제가 붕괴되고 있었던 반면 농민들이 대거 몰리는 도시는 그 규모가 커져가면서 부르주아(Bourgeois)라고 불리는 신흥 상공업자들이 부상하였는데 이 때 왕과 부르주아간 이해관계가 맞아 떨어지면서 공동전선을 구축했던 것에 기인한 바 크다.

김준형 교수에 의하면, 중세체제는 교황이라는 초국가적 권위, 왕이 지배하는 국가 수준의 권위, 그리고 장원을 지배하는 자치 영주라는 하위 수준의 권위 등 다원적인 권력구조를 형성하고 있었다. 따라서 사람들은 하나의 권력에만 충성할 수 없는 구조였으며 왕은 주로 무역에 세금을 물림으로써, 영주나 성직자 계층은 농업 생산에 대한 세금을 거둠으로써 권력을 유지했다. 그런데 상공업과 무역이 급성장하면서 부르주아들은 한층 더 자유로운 생산과 교역을 위해 단편적인 권력구조를 선호하게 되었고 왕들은 교황과 봉건영주들에 대한 대항 수단으로 상공인 층의 보호와 성장을 집중 지원했던 것이다.

아무튼 규모가 작고 파편화된 도시 국가들로서는 더 이상은 거대 왕정국가들을 상대하기에 역부족이었다. 이는 왕정국가들이 '대항해시대'에 접어들어 인도항로를 개척하고 대서양을 횡단하는 등 새로운 무역로를 개척해 나감으로써 더욱 더 부를 축적하고 있었기 때문이다. 이로써 16세기를 접점으로, 도시국가들은 그리스·로마 문명의 계승자로서 르네상스 운동을 통한 과학의 발달을 촉발하면서 향후 유럽사회의 근·현대화를 성공시키는 밑거름이 되었다는 자부심을 뒤로 한 채 하나 둘씩 열강세력의 지배 하에 들어갔던 것이다.

  마침내 유럽 내에서 주도권을 쥐는데 성공한 절대 왕정국가들도 봉건제에서 시민사회로 이행하는 과정에서 출현한 일종의 '과도기적 성격의 국가'에 머물고 말았다. 이들 국가는 상공인 계층의 지지 속에, 내부적으로는 기존의 봉건영주와 기사계층을 대체하는 관료 및 상비군 체제를 구축함으로써 중앙집권적 왕권체제를 더욱 강화해 나갔고 외부적으로는 왕정의 유지에 필요한 국가재정을 확보하기 위하여 중상주의를 채택했다. 중상주의 정책이란, 수입은 가능한 억제하고 수출을 장려하고자 보호관세를 채택하는 한편 해외 식민지의 경영 등 경제활동에 대해서는 국가가 관여하고 규제하겠다는 의미로, 왕정은 이와 같은 중상주의를 표방하면서 지속적으로 부를 창출해 갔던 것이다. 또한 왕정의 타당성을 사상적으로 뒷받침하기 위하여 '왕권신수설'[4]을 활용함

---

4) 왕권은 신으로부터 받은 신성한 것이라는 주장으로 프랑스의 태양왕 루이 14세는 이를 근거로 '짐이 곧 국가다'라는 유명한 말을 남기기도 함

으로써 잠시나마 절정기를 맞기도 했다.

그러나 이미 터진 봇물은 막을 도리가 없듯, 절대왕정 체제의 뒤편에서는 시민계급이 지속적으로 성장하고 있었다. 국가가 부를 축적하면 할수록 역설적으로 시민계급의 의식 수준도 더불어 높아져 갔는데 이에 시민들은 왕으로부터 더 많은 권리를 요구하기 시작했던 것이다. 게다가 축적된 자본을 공업에 투자함으로써 산업자본가로 성장한 이들이 절대왕정의 이념인 통제를 반대하고 더 많은 경제활동의 자유를 주장하기도 했다.

왕과 시민계급간의 갈등은 오래 가지 않았다. 얼마 전까지만 해도 기꺼이 왕정의 정치적, 경제적 기반이 되어 주었던 시민계급이었으나 왕이 절대군주의 길을 고수하자 결국 왕정을 타도하는 개혁세력으로 탈바꿈해 버린 것이다. 이에 프랑스혁명, 명예혁명[5] 등이 연이어 일어남으로써 절대왕정은 짧은 수명을 다하고 역사 속으로 사라지고 말았다.

한편 그 당시 중국은 어떠한 상황에 놓여 있었던 것일까? 앞서 설명한 바와 같이 15세기를 전후로 동서양간 격차가 벌어짐에 따라 중국이 뒤처지게 되었다고 했는데 여기서 무심코 이를 단정지어 버린다면 또 다른 의문을 불러올 수 있다. 즉 당시 중국에 휠

---

5) 프랑스혁명이 유혈혁명이었다면 영국에서는 무혈의 명예혁명을 통하여 절대 왕정을 무너뜨리고 입헌군주제를 시행함으로써 근대국가로 이행하게 됨

씬 뒤져있던 일본이 비록 후발이기는 했으나 어떻게 서양의 제국주의 국가들과 어깨를 나란할 수 있었느냐는 점이다.

우선 중국부터 살펴보자. 서양이 근대화에 박차를 가하고 있는 동안 중국도 청 제국 시절인 1680년부터 1780년까지 '팍스 시니카(Pax Sinica)'[6]를 구가하고 있었다. 내몽골, 외몽골, 지금의 투르키스탄인 신장과 티베트인 서장을 정벌하고 통치함으로써 역대 어느 왕조보다도 더 다양한 문화와 광활한 영토를 확보하고 있었던 것이다.

그러나 그 이면에서는 위기의 전조가 싹터오고 있었다. 문제는, 중국이 아직도 중화사상의 오만함에 젖은 채 그들을 둘러싼 제반 환경이 급변하고 있음을 전혀 깨닫지 못하고 있었다는 것이다. 즉 서양의 열강들이 상공업의 활성화로 부를 축적하고 산업화의 진전에 따라 신무기로 무장한 채 그들 상호간 외교 교섭을 통하여 때로는 무력을 통하여 식민지 확대에 열을 올리고 있었던 반면 중국은 아직도 과거의 영화에 안주한 채 서구 열강조차도 자신의 주변국들과 같은 오랑캐로만 폄하할 뿐이었다. 더욱이 중앙정부의 힘이 현저히 약화된 청 제국 말기에도 지방은 모두 중앙을 바라보고 있었으며 더욱이 인재라는 인재는 모두 중앙관료로 진출해서는 여전히 황제 1인에 충성하는 구조였기 때문에 중

---

6) 중국의 지배에 의해 세계의 평화가 유지되는 상황을 일컬음

앙정부가 변하지 않는 한, 한 발짝도 움직일 수 없는 상황이었다. 만약 다행히도 중앙의 지도자 계층이 자각을 통하여 변화를 이끌어갈 수만 있었다면 중국도 서구 열강을 따라잡을 수 있는 기회를 엿볼 수 있었겠으나 중화주의에 취해 있던 지도층은 결코 변화의 기폭제가 될 수 없었던 것이다.

한편, 일본은 도쿠가와 가(家)의 에도[7) 막부 말기 시절, 미국의 페리 제독이 함대를 이끌고 와 개항을 요구하자 미국과 반강제적인 통상조약을 맺게 되었다. 그러나 일본에서도 개항에 대한 저항이 전혀 없었던 것은 아니었다. 한동안은 천황을 중심으로 뭉쳐 외세를 물리치자는 '존왕양이(尊王攘夷)' 정신이 대세를 이루고 있었으나 서구와의 몇 차례 국지전에서 대패하게 되자 즉시 이들의 힘을 깨닫고는 서양을 적극적으로 받아들이자는 쪽으로 선회하게 된 것이다. 결국 이것이 '메이지 유신'으로 이어짐으로써 계급의 철폐, 서양식 제도의 도입 등 서구방식의 부국강병책이 도입되었던 것이다.

그렇다면 일본은 무엇을 바탕으로, 그리도 쉽게 서양 배우기 즉 개항으로 돌아설 수 있었을까? 일본은 고대로부터 이어졌던 천황시대가 귀족들의 득세로 점차 힘을 잃어가자 중세 이후에는 무사정권이 등장하는데 그 중에서도 도쿠가와 이에야스가 지방 호족

---

7) 도쿄의 옛 지명

들이 난립하였던 '전국시대'8)에 종지부를 찍고 근세기까지 일본을 통치했다.

이후의 지배 체제는, 천황이 상징적으로만 존재할 뿐 실질적인 권력은 막부의 수장인 도쿠가와 가에서 행사하였으며 이 때 지방 호족인 영주들이 막부에 협력하는 형식을 취했다. 따라서 강력한 중앙집권적 형태라기보다는 지방정부인 번 위로 중앙정부인 막부가 존재하는 분권적 성격이 더 강했다고 할 수 있다. 특히 이러한 분권적인 성향은 막부 말기로 갈수록 더욱 분명해졌다. 중앙정부의 힘이 점차 쇠진해가자 각 번은 더욱 운신의 폭을 넓힐 수 있었다.

이에 개항 전부터 사쓰마9) 등 몇몇 번의 영명한 영주들이, 소속된 인재들을 해외 유학 등을 통하여 서양 교육에도 노출시킴으로써 머지않은 훗날 이들이 개항의 당위성을 퍼뜨리며 마침내 일본을 근대화로 이끌어가는 동량으로 활약할 수 있도록 육성해 오고 있었던 것이다. 따라서 일본은 비록 소수이기는 했으나 이러한 인재들을 근간으로 하여 선진제국 대열로 올라설 수 있었다.

지금까지 고대 그리스로부터 출발하여 로마제국, 중세의 암흑

---

8) 지방 호족들이 저마다 일본 통일을 꿈꾸었던 정치적인 혼란기로 오다 노부나가, 도요토미 히데요시로 이어지던 권력이 도쿠가와 이에야스의 의해 평정됨
9) 일본의 남서부에 위치하여 일찍부터 서양과의 교류가 빈번했거나 대외무역이 활발했던 곳으로 조슈번과 함께 메이지 유신을 주도

시대와 근세기를 거치는 비교적 짧지 않은 여행을 하면서 동서양 간 간극의 근원에 대하여 기술해왔다. 이러한 역사기행을 통하여 재차 확인할 수 있었던 사실은, 동서양간 간극은 이미 고대의 상이한 정치구조로부터 출발하고 있었다는 점이다.

말하자면, 동양에서는 고대로부터 지배자와 피지배자만이 존재하는 획일적 국가 형태만이 존재했을 뿐 정치구조는 단 한 걸음도 진보하지 못했던 반면, 서양에서는 비록 부침은 있었으나 개인의 성장을 담보하는 정치구조가 이어져 옴으로써 15세기를 전후로 한 '패러다임의 변화' 이후 유럽사회를 한 단계 더 도약시키는 발판으로 작용했던 것이다.

그런데 여기서 우려되는 바는, 동서양간 정치 제도적 측면에서 차이가 거의 존재하지 않는 현대에 들어와서도 이러한 간극이 어디쯤에선가 쉬이 좁혀지지 않고 있다는 점이다. 특히 개인보다도 사회적인 측면에서 더욱 그러하다.

일본의 예를 보자. 개항 이래로 근대화, 즉 국가의 개조 및 성장이 소수의 엘리트 집단의 역량에 의해 주도되다 보니 대다수의 국민들은 그저 따라가기에도 벅찼을 뿐, 사회 곳곳으로 근대화를 주도했던 서구 시민사회와 같은 '자신감과 저력'이 생성되지 못했던 것이다. 이에 따라 자타가 공인하는 경제대국임에도 불구하고 현재까지도 이러한 사실이 일본사회의 서구에 대한 콤

플렉스 또는 일반 국민들의 역동성으로 연결되지 못하고 있는 형편이다.

물론 이에 대하여, 자기주장이 확실한 서구인들에 비해 유교적 교육의 영향으로 겸양을 앞세우는 일본인들의 성향이 열등감으로 비춰지는 것이라는 긍정적인 해석이 있을 수 있고, 개항을 전후로 탈아입구(脫亞入歐)를 주창했던 그들의 과거사가 지금까지도 서구인들을 동경하는 습관으로 남아 있어서라는 주장이 나올 수도 있지만 말이다.

이에 반하여 우리는 조선왕조 이후 일제의 강점기를 거치면서 뒤늦게 근대화에 나섰던 불리함에도 불구하고 일본과는 달리 근대화뿐만 아니라 민주화까지도 일궈냈던 시민사회의 힘을 바탕으로 서구의 정치제도와 경제시스템 등을 도입 · 운영하는 등 분투를 거듭해온 결과, 이제는 서구선진의 경제력을 따라잡을 듯이 바짝 쫓고 있다.

하지만 이를 좀 더 깊숙이 들여다보면, 우리에게도 적지 않은 문제점이 내포되어 있음을 발견할 수 있다. 오랜 세월동안 서구사회가 진보의 단계를 차근차근 거치면서 성취해 왔던 것들을 우리는 단 기간 내에 따라 잡으려다보니 사회를 안정적으로 다져가는 '룰' 이라는 것이 만들어질 겨를이 없었다는 점이며 한편으로, 일본의 근대화가 소위 정신이 바로 박힌 지배계급을 가짐으로 해서 주어진 행운의 선물이었다면, 우리는 일반 대중 스스로가 쟁취해낸 산고 끝의 과실이었던 탓에 개개인의 자의식이 강하다 못해 과하기까지 하다는 것이다. 이렇게 룰이 부재한 사회와 개개인의 강한 자의식이 만나다보니 사회 내로 품격이 형성될 여지가 없었던 것이다. 이에 따라, 사회 구성원들이 공공선은 도외시한 채 각자의 이익만을 내세움으로써 사회 곳곳이 '신뢰의 위기'에 시달리고 있다거나, 결과만을 중시하는 사회 풍토로 인하여 반칙을 해서라도 성적을 내겠다는 '성적지상주의' 또는 '결과중시주의'가 득세를 하고 있으며 다양성이 인정되지 않는 사회 분위기로 말미암아 학벌을 속이는 웃지 못 할 사건마저도 발생하는 등 많은 한계점이 노정되고 있다.

이원복 교수는 향후 우리가 나아가야할 방향을 이렇게 제안하고 있다. "앞으로 우리는 품격의 사회를 만들어 가는데, 보다 많은 관심과 에너지를 쏟아 부어야 한다. 이제까지는 서구가 200년에 걸쳐 일구어왔던 것을 우리는 불과 50여년 새 압축하려다 보니 사회 곳곳이 정신을 차릴 수 없을 만큼 격렬해져 갔던 것이다. 우리가 진정한 선진문명을 꿈꾸는 것이라면 이제부터라도 개개인의 성찰과 더불어 성숙한 사회를 만드는 데 힘써야 한다. 무릇 존경받는 문명이란, 국가의 경제력에 사회적 품격이 더해져야만 하는 것이다."

저신뢰(低信賴) 사회: 귀농과 이민

문화대국 프랑스가 배출한 위대한 사상가중 하나인 장 자크 루소는 일찍이 '자연으로 돌아가라' 는 명언을 남긴 바 있다. "인간은 자연의 상태에서 자유롭고 행복했으나 우리들의 손으로 만든 사회제도나 문화에 의해 부자유스럽고 불행한 상태에 빠져버렸으며, 결국에는 사악한 존재로 전락했으니 다시금 자연의 상태로 돌아가 인간성 회복을 위해 노력하자" 는 것이 주장의 요지였다.

동양의 사상가 노자와 장자도 도가사상을 통하여 일체의 인위적인 것을 배제하고 무위자연(無爲自然)하는 속에서 인간의 자유스러운 삶을 추구하자고 설파하기도 했다. 그들은, "가장 인간다운 삶이란 인간이 만들어 낸 문화와 사회적 집단생활보다는, 방금 태어난 갓난아기 같은 모습으로 자연의 섭리에 따라 살아가는 소박한 삶" 이라고 정의했다.

정신적으로도, 육체적으로도 자연 상태로의 회귀를 꿈꾸는 마음은 어찌 보면 동서고금을 막론하고 인간이 지닌 본성 중 하나가 아닐까 싶지마는 이들 대사상가의 뜻을 오롯이 실천하기에는 현실적인 어려움이 많다는 것 또한 주지의 사실이다.

그런데, 최근 LG경제연구원의 발표에 따르면 2000년을 전후로 하여 귀농이나 이민 등 한국 사회를 뜨려는 사람들이 급증하고 있으며 그 연령대도 과거 귀거래사(歸去來辭)의 60대에서, 이제는 40대 심지어는 30대로까지 확대되고 있다는 것이다.

뉴 밀레니엄 2000년대에 들어서서 많은 수의 사람들에게 어느 날 문득 깨달음(頓悟)이 찾아들었던 것일까?

1980년대 후반을 기점으로, 시대사조의 한 축이었던 사회주의가 종말을 고하고 미국식 자본주의의 모토인 세계화가 대세를 장악하면서 더 이상은 국경의 구분이 무의미할 만큼 세계 각국이 하나의 시장으로 재편되어 갔다. 그러한 일련의 과정에서 우리나라도 점차 무한경쟁의 체제 속으로 빨려들고 있었다.

과거 1960, 1970년대 무에서 유를 창조하는 단계에서는 정부의 주도 하에 산업을 일으켜 세우고 시장을 조직해야 했기 때문에 정부의 강력한 통제 속에서 각 산업 간이나 시장 간 과당경쟁 문제를 해결하고 있었던 반면 이제는 제어할 수 없을 만큼 커져버린 시장과 자율성을 가지고 움직이는 산업의 각 부문들로 인하여 서로 서로가 무한경쟁에 직면하고 있는 것이다.

이에 따라, 개인에게는 평생직장이라던 개념이 이미 사라진지 오래고 이제는 능력급제로 전환되어 잠시 한 눈이라도 팔라치면 어느새 동료나 후배들에게 밀려 자리를 보전하기조차 어렵게 되었다.

이렇듯, 무한경쟁 체제는 사회를 가일층 피로감에 휩싸이게 했다. 그러나 정작 사람들을 힘들고 지치게 하는 것은, 치열한 경쟁에서 비롯되는 피로감 탓이기도 하겠지만 사회에 대한 그리고 상호 간의 신뢰가 무너져가고 있기 때문일 것이다. '나만은 예외'라거나 '목소리 큰 사람이 결국 이기게 돼 있다'는 비뚤어진 풍조가 팽배해 있고 날이 갈수록 더해가는 먹거리에 대한 불신이나 사회 구석구석에서 여전히 목격되는 안전의식불감증은 사회를 더더욱 믿을 수 없는 곳으로 만들어 가고 있는 것이다.

한편으로는, 아직도 연고주의(緣故主義)나 정실주의(情實主義)가 사라지지 않음으로 해서 사회 내 경쟁의 룰을 망가뜨리고 있다. 다시 말해서, 경쟁이 아무리 치열하다고 해도 선의의 경쟁이 무언중에 약속되어 있는 사회라면 룰이 엄수되는 가운데 사람들은 최선을 다하며 결과를 기다리게 되지만, 우리의 모습과도 같은 저신뢰(低信賴) 사회에서는 규칙이 무용지물이 되는 등 불투명성이 증가함으로써 긴장감이 극대화되는 것이다.

그러므로 무한경쟁 속에서, 더욱이 불확실성과 불투명성이 짙

게 깔려있는 저신뢰의 사회 분위기 속에서 사람들은 고립되어 가고 결국에는 덜 치열한 곳을 찾아 들거나 자연으로 귀의하려는 유인이 발생하는 것이다.

우리나라의 자살률이 OECD 가입국가들 중에서 2005년, 2006년 연속 1위라는 사실이나 현재 귀농 또는 이민을 고려하는 사람들 대부분이 정글과도 같은 사회생활에 좌절하고 지쳐있음을 고백하고 있는 것이 이를 잘 웅변하고 있다. 그렇다면, 사람들이 이처럼 우리 사회를 떠나고자 하는 상황을 지켜봐야만 하는 것인가?

돌이켜 보건대, 노무현 대통령은 참여정부의 기치를 내걸고 소외계층에게도 과실이 돌아갈 수 있도록 분배를 우선으로 하는 각종 제도와 지침을 마련했으나 아쉽게도 선진 도약의 또 다른 축인 신뢰사회 구축에는 별반 뜻을 두지 않았다. 오히려, 국민들 대부분이 스스로를 추스르기에도 버거워하는 마당에 출산장려정책을 추진하겠다고 나서고 있었던 것이다.

지금과도 같은 상황이 지속된다면 육아나 교육비용이 낮아진다 하더라도 출산율의 상승을 기대하기는 요원할진대, 이는 마치 정부만이 '벌거벗은 임금님' 꼴이 되어가는 아이러니가 아닐 수 없다. 그러나 이보다 더 안타까운 일은, 현 대통령 후보들의 면면도 별반 다를 게 없다는 사실이다. 그들은 모두 하나같이 3만 달러 시대 심지어는 4만 달러 시대를 약속하는 등 성장이나 분배와 같은 양적인 문제에만 줄기차게 매달릴 뿐이다.

비록 만시지탄(晩時之歎)이긴 하지만, 이제라도 선진국 도약을 위한 양적인 성장뿐만 아니라 질적으로도 선진사회 도약에 관심을 가지며 열의를 쏟는 후보자를 학수고대해 본다.

보수와 진보: 시장인가? 정부인가?

〈서 론〉

'사촌이 논을 사면 배가 아프다'는 우리네 속담이 있듯이, 근 몇 년 동안 대한민국 국민이라면 어느 누구도 예외 없이 한번쯤은 배가 아팠던 기억이 있을 것이다. 강남에 위치한 아파트는 몇 달 새에 수천이 올랐다더라, 그런데 비강남권에 있는 내 집은 오르기는 고사하고 집값이 그 반에 반에도 미치질 못한다느니, 여기저기서 속 끓는 불만과 한탄이 쏟아져 나왔다. 집값을 어떻게 잡을 것인가, 이것이 정부가 고민에 고민을 거듭해 왔던 근간의 화두였던 것이다.

이에 대하여, 시장기능을 중시하는 보수주의자들은 정부가 집값을 잡기 위해 수요억제책 즉 세금이나 금융규제 등을 통하여 억지로 수요를 틀어막으려할 게 아니라 시장이 원하는 바를 수용하는 쪽으로 과감히 선회해야 한다는 주장을 편다.

이를테면, 정부가 나서서 인위적으로 신도시를 개발한다고 하여 특정지역에 대한 과수요가 완벽하게 해결되지는 않는다는 논리다. 더군다나 어설프게 금융규제를 가할 경우, 자금에 한결 여유가 있는 부자들보다는 오히려 금융기관의 대출에 의지하여 주택을 구입해야 하는 서민들이 그 피해자가 될 수 있으므로 폐해가 더욱 깊어질 수 있다는 것이다.

이에 반하여 정부개입을 중시하는 진보주의자들은 주택의 경우, 시장에서 가격이 결정되고 이 가격을 신호로 배분되는 일반상품이 아닌 필수재에 해당하는 것이므로, 주택을 이미 보유하고 있는 자들이 미래 수익을 겨냥하여 주택을 구입하는 것이야말로 투기행위라 보는 것이다.

즉 그들이 수익 창출의 경로로 아파트를 구입함으로써 아파트 가격 상승을 부추겨 불로소득을 취하는 것인데, 이는 결국 일반 서민들의 근로의욕을 감퇴시키고 나아가서는 무주택자들의 주거안정을 위협할 수 있다는 측면에서 정부의 적극적인 개입을 주장한다.

그런데 문제가 되는 것은, 우리 국민의 대다수가 과거로부터 잘못 입력된 이데올로기에 발목이 잡힌 나머지 서로가 서로를 카운터파트로 인정하지 않은 채 진보주의자들을 빨갱이로, 그리고 보수주의자들을 기득권을 포기치 않으려는 수구세력으로 매도하면서 극한적인 감정 대립도 서슴지 않는 등 사회가 둘로 나뉘어 극단으로 치닫고 있다는 점이다. 그러므로 조금이나마 이 같은 오해를 줄이는데 도움이 되었으면 하는 바람에서 보수와 진보의 정확한 개념 그리고 각 진영의 입장 차와 역사적 발전과정 등을 살펴보고자 하는 것이다.

다만 향후에 전개될 부분은, 〈시장인가? 정부인가?〉(Invisible hand? Visible hand?)라는 책에 논거를 두고 있음을 사전에 밝혀둔다. 참고로 이 책은 자본주의 사회에서 발생할 수 있는 각종 갈등에 대한 인식 차이와 그 뿌리들을 검토해 보는 것으로, 시장 기능을 중시하는 시장주의자의 '보수적' 시각과 정부 기능을 중시하는 정부 개입주의자의 '진보적' 시각이 우리 사회에서 논란이 거듭되고 있는 경제 문제를 각각 어떻게 진단하고, 어떻게 처방하는지를 보기 드물게 잘 조명하고 있다. 저자들의 이 같은 수고로운 노력 덕분으로, 섣불리 주관적인 판단을 더하여 혼란을 야기하기보다는 '사실(Fact)의 전달'에 주력함으로써 더욱 큰 의미가 부여될 수 있겠다는 판단 아래 그 논리를 빌고자 한다.

〈진보주의 대 보수주의〉

철학적 관점에서 평등과 자유가 상충되는 경우 평등을 더 중시하면 진보주의자, 자유에 보다 비중을 두면 보수주의자라 한다. 경제적 관점도 이를 바탕에 두고 있다. 경제적 측면에서 보수주의자란 저마다 다른 개개인의 능력 차를 인정하고, 나아가서 시장에서의 자유로운 경쟁을 용인함으로써 사회적인 부의 크기를 확대시켜 결과적으로 빈자에게도 혜택이 돌아가게 하는, 즉 시장 경쟁의 힘을 더 신뢰하는 부류이다.

한편, 진보주의자는 개인의 타고난 능력 차를 인위적으로라도 보전해 주어야 한다는 입장으로, 자유시장 경제 하에서는 강자와 약자가 공정하게 경쟁할 수 없는 불완전성을 띄고 있어 정부가 적극적으로 개입해 빈부 격차가 심화되는 것과 같은 시장의 실패를 예방해야 한다는, 이른바 정부 개입의 중요성을 강조하는 자들을 일컫는다.

예를 들어 미국의 공화당과 영국의 보수당이 보수주의를 대변하는 정당이라면, 미국의 민주당 및 유럽의 사회당과 노동당 등은 진보주의 정당들로 정부의 기능을 더 중시하는 집단이다. 이와 같이 양 진영 간에는 엄연한 시각차가 존재하는데, 전적으로 이는 안정과 변화에 대한 그들의 상이한 가치관에서 비롯된다.

먼저 시장기능 중시자들을 보수주의자라고 부르는 이유는 그들의 안정 추구 성향 때문이다. 그렇다고 보수주의자들이 안정을 추구하는 이유가 칼 마르크스(Karl Max)의 주장과 같이 기득권을 누리기 위해서는 아니다. 보다 근본적인 이유는, 정부가 인위적으로 추진한 급격한 변화는 결국 공무원이나 정치가집단 등 인간의 판단에 의지할 수밖에 없는데, 과연 이러한 변화를 주도하는 정부의 공직자들에게 급격한 변화를 성공적인 방향으로 이끌 수 있는 능력이 있는가에 의문을 품고 있기 때문이다.

다시 말해서 보수주의자들은, 모든 인간은 자신의 이익을 추구하는 본성에 따라 행동하며 기회주의적인 속성을 지니고 있다고 본다. 그런 점에서는 공무원도 마찬가지이므로 공무원을 더 신뢰할 수 있는 존재로 볼 이유가 없다는 것이다. 따라서 공무원들이 중심이 되어 급격한 변화를 추구하다가는 자칫 '정부의 실패'로 이어질 수 있으므로 시장에서 수많은 수요자와 공급자들의 선택에 의해 점진적으로 의사결정이 이루어지는 것이 훨씬 바람직하다는 것이다. 이 같은 이유를 근거로, 그들은 변화의 필요성이 실질적으로 확인되기 전에는 인간에 의한 의도적인 변화를 추진하지 않으려 하는 것이다.

이에 반하여 정부개입을 중시하는 진보주의자들은 정부가 시장보다 이러한 변화를 실천하는 데 우월하기 때문에 정부가 나서서 주도적으로 변화를 추구해야 한다고 주장한다. 뿐만 아니라 이들은 정부가 사회변혁의 비전도 제시해야 한다는 입장이다. 즉 진보주의자들은 정부를 신뢰한다고 했는데 결국 정부는 공무원에 의해 움직이므로 공무원들의 능력과 도덕성을 신뢰한다는 것이다. 따라서 그들은 공무원들을 개인의 이해관계보다는 국가와 민족의 이익을 자신의 이기적인 목적보다도 더 소중히 여길 수 있는 사람들로 인정한다.

자유를 보는 관점에서도 양자 간에는 확연한 차이가 존재한다. 보수주의자들이 말하는 자유란, 다른 사람의 자유를 침해하지 않는 범위 내에서의 자유를 의미한다. 따라서 자유를 아무리 추구하더라도 남에게 피해를 주지 않으므로, 모든 자유는 보호받아야 한다고 여긴다. 다만 개인의 자유가 서로 상충될 경우에는 누구의 자유가 가장 경제적으로 효율적인가를 판단하여 자유권을 부여해야 한다는 것이 그들의 생각이다.

반면에, 진보주의자들은 보수주의자들이 추구하는 자유란 개인이 하고 싶은 대로 하는 것으로 해석한다. 따라서 그런 자유는 자칫 남을 침해할 수 있으므로 어느 정도는 자유를 제한하는 것이 당연하다는 것이다. 그리고 자유가 서로 상충될 경우에는 약자나 피해를 당한 쪽의 자유를 중시하는 것이 정당하다고 본다. 다시 말해서 대기업보다는 중소기업, 도시민보다는 농민, 자본가보다는 노동자, 채권자보다는 채무자, 생산자보다는 소비자, 부유층보다는 빈곤층의 자유가 더 중요하다는 의미이다.

또한 진보주의자들은 사회를 분석할 때도 집단 또는 계층을 기준으로 구분한다. 칼 마르크스가 사회 분석의 단위를 계급으로 본 것처럼 진보주의자들은 사회를 계층으로 구분하여 각 계층 간에 차이를 두는 것이다. 따라서 사회는 강자와 약자, 부자와 가난한 자, 자본가와 노동자 등으로 구분되는데 사회적 약자에 대해서는 특별한 배려가 있어야 한다는 것이다. 특히 시장에서 자유 경쟁을 허용할 경우 사회적 약자가 더 많은 피해를 입을 우려가 있으므로 차별을 두는 것이 오히려 균등을 보장하는 길이라고 주장한다. 이에 대하여 보수주의자들은 이러한 계층의 차별을 인정하지 않으며, 따라서 시장에서의 차별이 없어야 한다는 입장이다.

지금까지, 보수주의와 진보주의에 대한 각각의 가치관과 견해 차 등이 무엇인지를 알아봤다. 그러면 이 양대 이념은 과연 어떠한 역사적 변천 과정을 거치면서 발전해 왔던 것인지, 이제는 그들의 발자취를 찾아가 보자.

〈고대 및 중세 시대〉

　시장거래가 활발해지기 이전 시대를 대상으로 하여 그 당시 시장의 역할을 평가하는 것은 쉬운 일이 아니다. 하지만 시장거래가 활성화되지 않았던 시대에도 정부는 경제에 많은 영향을 주고 있었다. 특히 중앙집권적인 왕조가 지배하고 있던 동양에서 정부가 경제에 미치는 영향은 지대했다.

　그랬던 때문인지 칼 마르크스는 이러한 근대 이전의 동양사회를 공납제 사회라고 규정했다. 즉 동양에서는 권력의 정점인 왕이 사회를 지배하고 있었고 그 지배체제를 유지하기 위하여 매우 강력한 상비군과 관료제도를 유지하고 있었는데 이러한 체제 유지를 위해 필요한 것을 국민들에게서 공납의 형태로 조달했다는 것이다. 이러한 공납제 하에서 수공업 생산자들은 국가에 예속되어 일정기간 동안 생산 활동을 수행해야 했으므로 열심히 일할 유인도 부족했고 상품 생산의 발달에도 장애가 되었다.

　그럼에도 불구하고 중앙정부 입장에서는 백성들의 경제생활에 관심을 가지지 않을 수 없었다. 이는 흉년이나 자연재해로 인해 백성들의 경제적 상황이 악화되면 통치 기반이 약해지는 것을 의미했기 때문이다. 이에, 중국에서는 일찍부터 수로를 건설하여 이를 통해 상인들에게 재해지역에 긴급물자를 수송토록 하는 등 경제활동에 중앙정부가 깊숙이 개입하고 있었던 것이다.

따라서 이러한 사실들로 미루어볼 때, 동양의 왕조국가들은 중앙정부의 강력한 통제 하에서 상업보다는 농업을 더욱 중시했던 중농주의 체제에 의존하고 있었음을 알 수 있다. 반면에 서양은 이와는 달리, 16세기를 전후로 하여 절대주의 국가가 형성되기 전까지 중앙정부의 기능이 상대적으로 미미했었다. 상업 활동이 활발했던 그리스 등의 도시국가에서는 시장이 어느 정도 활성화되어 있었지만 중앙집권적인 제국이 형성된 1~5세기의 로마시대에는 치안과 국방에 필요한 공공재의 경우 피정복지에서 생산된 것을 조달받아 공급하는 수준에 불과했고 민간경제는 주로 노예들의 생산에 의존했으므로 로마제국의 가장 큰 경제적 역할은 정복전쟁을 통하여 필요한 노예를 공급하는 정도였다.

더욱이 로마제국의 붕괴 이후로 5~15세기의 중세 천 년 동안에는 영주의 권한이 매우 강했던 지방분권적 봉건제(Feudalism) 사회로, 정부의 경제활동은 거의 기대할 수 없어 그 나마의 상업활동도 급격히 축소되었고 그 결과 몇몇의 도시국가를 제외하고는 대체로 자급자족적인 경제 형태에 의존할 수밖에 없었다는 것이다.

〈정부(Visible hand)의 출현: 중상주의 사조의 등장〉

서구에서 정부의 경제개입이 시작된 것은 절대주의 정부가 수립되던 16세기 이후로 알려져 있는데, 이 시기에는 종교적 권력으로부터의 대외적 독립과 정치적 통일을 위해 상비군과 관료조직이 정비되면서 왕이 절대적 권력을 장악해가고 있던 때였다. 그리고 왕권을 더욱 공고히 다지기 위해, 토지에 의존하던 전통 귀족의 힘을 약화시키는 대신, 상인 계층을 적극 후원하면서 서구는 중상주의(Mercantilism) 시대로 접어들게 된 것이다.

여기서 중상주의란, 부국강병을 위해 정부가 경제를 강력히 통제하자는 주장으로 자유주의에 반대되는 정부 개입주의적 특성이 두드러지는 사상이라 할 수 있는데, 특히 개인의 이익과 사회의 이익은 상충될 수밖에 없으며, 이에 따라 공익을 위해서는 개인을 통제해야할 뿐만 아니라 소수의 엘리트들에게 공익을 맡겨야 한다고 믿었다.

따라서 모든 특권이 정부에 의해 일부 계층에게만 귀속되어 있었다. 상업도 아무나 할 수 있었던 것이 아니라 중요 품목은 정부로부터 독점권을 부여받은 특권상인만이 할 수 있었으며 제조업도 마찬가지였다. 특권을 부여받은 대규모의 공장제 수공업이 형성되고 이들이 배타적인 독점권을 행사하면서 독점 이윤을 얻고 있었던 것이다.

〈시장(Invisible hand) 중시: 자유주의의 출현〉

그러나 18세기 중엽 무렵, 영국에서 산업혁명이 일어나고 프랑스, 독일, 미국 등으로 산업자본주의가 확산되면서 정부가 경제에 미치는 역할에 대한 비판이 제기되었다. 이 비판의 중심에는 정부의 규제보다는 개인의 자유를 강조하는 자유주의 사상이 자리 잡고 있었다.

그런데 역사적으로 개인의 자유를 침해했던 것은 주로 왕과 같은 정치 권력자였기 때문에 자유주의는 이들과의 투쟁을 통하여 발전해 왔다. 흔히 자유주의를 정치적 자유주의라고 부르는 것도 이 때문이다. 정치적 자유주의를 경제에 적용하여 타인에게 피해를 끼치지 않는 한, 개인의 경제활동의 자유를 보장해야 한다는 것이 고전주의 경제학자들이 주장한 경제적 자유주의이다.

특히 경제학의 아버지라 불리는 애덤 스미스(Adam Smith)는 자유방임에 바탕을 둔 자본주의 사상의 기초를 세웠는데, 1800년대 초부터 1870년대까지는 이러한 자유주의가 대중적인 지지를 얻고 있었다. 이들은 공공재 공급이나 치안 유지 외에는 정부가 경제에 개입하지 말고 시장기능에 맡겨야 하며, 무역도 자유롭게 하면 양국이 모두 이익을 얻을 수 있다면서 보호무역을 철폐하고 자유무역으로 전환할 것도 제안했다.

이 같은 자유주의 이념은 산업혁명 이후로 대량의 공산품 수출이 필요했던 영국과 그 외 유럽 국가들의 물산 수요가 일치하고 있음에 따라 1860년대 영국의 주도 하에 쌍무적 자유무역 협정을 맺어 이른바 '자유무역 제국주의' 시대를 열었던 것이다.

〈자유주의의 퇴조: 신중상주의 사조의 등장〉

그러나 1870년대에 들어서면서 자유주의 사조도 심각한 도전에 직면하고 있었다. 유럽의 농업불황과 이어진 장기불황 때문이었다. 이 시기에 유럽이 장기불황에 들어선 이유로 기차와 기선의 등장이라는 교통혁명이 거론되는데, 대서양 횡단 운임이 저렴해지자 미국과 러시아의 곡물이 유럽시장에 밀려들었고 그 결과 유럽의 곡물가격이 생산비 이하로 떨어지면서 농업불황이 시작되었다는 것이다. 이러한 농업불황으로 말미암아 결국 공업제품의 수요도 감소했다. 게다가 독일 등 유럽국가에서는 이제 기지.
개를 켜기 시작한 면방직업 등의 공업제품이 영국산의 월등한 품
질에 밀려 괴멸 위기에 빠지게 되었다.

이러한 위기에 대처하기 위해, 유럽의 대륙 국가들은 다시 보호
무역으로 회귀하였고, 그 결과 자국의 원료공급원이자 공업제품
판매시장으로서의 식민지 확보에 경쟁적으로 나서면서 결국 1차
세계대전으로까지 이어졌던 것이다. 1차 세계대전 이래로 1920
년대 초까지, 세계는 잠시간 경제적 호황기를 맞는 듯했으나
1929년 재차 대공황에 빠지게 되고 정부의 개입이 크게 확대되면
서 정부의 역할이 비대해지기 시작했다.

이렇듯 20세기에 들어서서 지나친 자유방임으로 인한 빈익빈
부익부 현상 그리고 주기적 공황이 발생하자 자유주의에 대해 두
가지 반대가 일어났던 것이다.

소련식 사회주의와 존 케인스(John Keynes)의 수정자본주의가
그것으로, 이 중 사회주의는 자본가들의 착취를 막기 위하여 프
롤레타리아 정부가 시장의 역할을 대신하여 가격을 결정하는, 소
위 계획경제정책을 실시하자는 것이었다. 반면에, 케인스 주의는
자본주의의 형태이기는 하나 정부가 경제에 개입하여 경기변동
을 조절해야 경제의 불안정성이 줄어든다는 주장으로, 결과적으
로 양자 모두 정부의 개입을 강조했다는 점에서 신중상주의라 불

리기도 한다.

　이렇게 자유주의는 20세기를 전후로 많은 문제점을 노출했고 이에 20세기 중반 이후로는 사회주의와 수정자본주의 그리고 유럽식 복지국가의 이념에 의하여 개인의 자유를 규제하는 방향으로 다시 돌아서게 된 것이다.

〈신자유주의의 대두〉

　1873년의 대불황 이래로 1970년대까지 확장되었던 신중상주의 사조도 1980년대 이후 지금까지 신자유주의라고 하는 새로운 물결에 밀려 퇴조하고 있는 형편이다. 이른바 민영화, 분권화, 탈규제화 등을 주장하는 신자유주의는 서구 선진사회와 사회주의 국가에서 정부의 부정부패와 비효율이 문제로 부각되면서 1980년대 이후 급속히 확대되기 시작했다.

　대처 수상은 영국이 미국에 패권을 내어주게 된 원인이 경제의 지속적인 침체에 있으며 그것은 결국 지나치게 경직된 사회구조 탓에 빚어진 일이라는 판단 아래 정부의 기능을 축소하고 시장경쟁을 지향하는 자유주의 정책(Thatcherism)으로 전환했는가 하면, 레이건 대통령 역시 레이거노믹스(Reaganomics)라고 불리는 공급 위주의 경제정책을 실시하여 정부의 간섭을 줄이고 경쟁을 촉진하는 자유주의적 경제정책을 수행했다.

더욱이 경제전쟁에서 패배한 소련과 동구권이 붕괴되면서 '정부의 실패'가 경제의 효율성 상실의 원인이라고 공감하게 된데다 자유무역 체제를 수용한 홍콩과 싱가포르 등이 세계경제의 새로운 강자로 떠오르면서 세계 각국은 자유무역과 시장 중시의 신자유주의 이념을 새로운 패러다임으로 받아들이기 시작한 것이다.

이와 같이 신자유주의 이념이 또 다시 각광을 받게 된 배경은, 냉전체제 하에서 경제를 정부의 보이는 손(Visible hand)에 맡길 것인가 아니면 간섭 없이 시장에 맡기면 자연스레 수요와 공급이 균형을 이루어 효율적인 경제상태가 마련된다는, 시장의 보이지 않는 손(Invisible hand)에 맡길 것인가에 관하여 서로 다른 견해를 가지고 있던 세계의 각 나라들이 사회주의 체제의 몰락으로 시장에 맡기는 것이 더 바람직하다는 공감대가 형성되었기 때문인 것으로 보인다.

〈결 론〉

이렇듯 대다수의 공산주의 국가들이 자취를 감춘 이후로, 현재 세계에서는 자본주의에 뿌리를 두고 있는 국가 형태만이 존재하고 있다. 그렇다고 해서 지구상의 모든 나라들이 결코 보수 편향에 기울어 있는 것은 아니다. 아직도 정부의 적극적인 개입이 이루어지는 북유럽의 복지국가들이 건재해 있으며 그 외의 나라들에서도 진보와 보수 간에 치열한 경합을 마다하지 않고 있기 때문이다.

다시 말해서, 시대의 요청에 따라 시장을 최우선으로 하는 보수 성향이, 때로는 정부의 개입을 중시하는 진보성향이 우위를 드러내는 것일 뿐, 앞으로도 어느 한 쪽이 소멸되는 일은 결코 없을 거라는 얘기다.

그럼에도 불구하고, 우리의 모습을 보면 서로가 도저히 공존할 수 없는 원수라도 되는 것인 양 종종 도를 넘어서는 대결로 치닫기 일쑤다. 이는 물론 지금의 서구가 수백 년이라는 세월에 걸쳐 진보와 보수라는 개념이 발전해옴으로써 존재하고 있는 것이라면, 우리는 이에 비하여 역사랄 것도 없는 짧기만 한 자본주의의 시대를 거쳐 왔었던, 말하자면 내공이 지극히 부족한 탓이기도 하다.

게다가 군사독재의 급성장기를 통하여 형성되었던 일부 특권계층의 수구적 관념이 아직도 적지 않은 사람들에 영향을 미치고 있는데 반하여, 다른 한편에서는 긴 세월 동안 독재에 항거해 왔던 민주화세력이 과거의 시대정신조차도 무조건 수구로만 폄하해 버리는, 상호간 불신의 벽이 높고 두텁기 때문이기도 하다.

　하지만, 우리가 스스로의 미성숙성을 더 이상은 과거나 시간부족의 탓으로만 돌릴 수는 없다. 서구 선진사회가 가져왔던 시간만큼을 우리도 가져야할 것이라고 주장할 바보는 없을 터이니 그것은 논외로 치면, 이제는 보수와 진보세력 모두에게 집권의 경험이 있듯 과거 '독재의 시대'에 버금가는 '민주화의 시대'도 거쳐 왔으니 말이다.

　따라서 이제는 서로서로가 비판을 위한 비판에만 열중했던 구태에서 벗어나 발전을 도모하기 위한 생산적인 비판으로 그 방향을 선회함으로써 더불어 공존해 가는 성숙성을 보여줄 때라는 판단이다.

'우리학교'를 소개합니다

    퇴근 시간이 가까워오는 늦은 오후에 같은 과에 근무하는 정현석 변호사가 별안간 영화를 한 편 보자고 제안을 하는 것이다. 제법 심각한 표정이, 응해주지 않는다면 지금까지의 우정이 물거품이 될 거라고 협박이라도 하듯 내 앞에 버티고 서서 답을 재촉하고 있었다.

    그 친구 왈, '우리학교'는 자의든 타의든 일본의 최북단 홋카이도에 터를 잡게 된 조선인 1세들이 후세들을 위해 해방 직후 버려진 공장에 터를 잡아 설립한 학교로, 이 영화는 이후 그들의 아들, 손자세대가 '우리학교'라는 공동체를 통해 조선인으로서 당당히 성장해가는 모습을 앵글에 담고 있다는 것이다. 더욱이 근래 들어서는 북일 관계의 악화로, 일본 우익세력의 마구잡이식 협박과 그에 따른 신체적 위협에 직면하고 있으면서도 '우리학교'의 학생과 학부모, 교사들은 재일조선인으로서의 긍지를 어렵게 관철

하며 생활하고 있다는 것이다.

　그의 말마따나 소재의 진정성이나 동포로서 그들의 애환을 조금이라도 공유해 보고픈 마음 한 자락에서 은근히 유혹이 되기도 했지만 다큐멘터리 영화가 지닌 지루함이 선뜻 결정을 막아서고 있었다. 하지만 그런 나의 마음마저도 이미 계산에 넣고 있었다는 듯 갈수록 집요해지는 정 변호사의 설득에 결국 두 손을 들고야 말았다.

　그리 편치 않은 의자였지만 가능한 최대한으로 몸을 파묻고는 보다가 졸다가하면서 적당히 시간을 흘려보내리라 작정했으나 그들의 때 묻지 않는 순수함이 영화 시작부터 눈길을 붙들기 시작했다. 애당초 조총련계 학생들이 주인공이라 하여 북한의 사상 교육에 물든 나머지 딱딱하고 위계질서가 잘 잡혀 있는 아이들일 걸로 추측했건만 그들은 그저 자유롭고 심성 고운 또래 아이들이었다. 게다가 그리 많지 않은 학생 수에 대부분이 함께 기숙사 생활을 하고 있던 탓에 서로서로가 세상 어디에서도 찾아볼 수 없는 끈끈한 동료애로 엮어져 있었으며 심지어는 누가 교산지 학생인지 분간이 어려울 만큼 학년이 올라갈수록 하나가 돼가고 있었던 것이다.

　그러나 잔잔한 감동이 스크린을 느긋하게 메워가던 전반부와는 달리 나는 후반부로 갈수록 긴장감에 휩싸이고 있었다. 그들의 모집합 일본인 사회가 오버랩되면서 '우리학교' 학생들의 정체성과 졸업 후 그들이 겪게 될 현실이 점점 걱정되었기 때문이다.

일본인 학생들과는 달리 순수 아마추어를 지향하는 그들의 입장에서, 도내 축구대회에서의 패배는 이미 예견된 수순이었음에도 불구하고 마치 뜻하지 않은 돌발 상황이라도 발생한 것처럼 그들은 뜨거운 눈물을 펑펑 쏟아내며 패배를 너무도 아쉬워하고 있었던 것이다.

만약 그들이 패배의 변으로 지고는 못사는 젊은 혈기에서, 혹은 여름 내내 뜨거운 뙤약볕에서 자신들이 쏟았던 땀과 열정이 너무도 억울해 흘린 눈물이었노라고 고백했다면 간단히 고개를 끄덕일 일이었을 것이다. 그러나 그들은 어떠한 승부가 되었더라도 일본 아이들만큼은 제압함으로써 그간 일본인들 사이에서 차별을 받아왔던 부모세대에게 기쁨을 선사해 드리고 싶었노라고 토로하는 것이었다.

그렇다면, 애초부터 본인의 의지와는 상관없이 부모의 손에 이끌려 조선인 학교에 진학하게 된 그들이, 더욱이 아직도 사회생활에 노출된 적이 없어 차별이 무엇인지를 처절하게 경험해본 바가 없는 청소년에 불과한 그들이, 부모의 심정을 어찌 그리도 잘 헤아릴 수 있었다는 것인지 나로서는 쉽게 수긍이 가질 않았다.

오히려, 이들이 어릴 적부터 부모에 의해 또는 학교에 의해 일본인 사회에 대한 막연한 거부감이나 적개심을 품게 된 것은 아니었나하는 의구심이 들 정도였다.

정말로 그럴 리야 없겠지만 만에 하나라도 이것이 사실이라면, 이들이 졸업 후 사회에 진출해서는 스스로에 대한 정체성에 혼란을 겪게 됨으로써 조선인도 일본인도 아닌 애매모호한 상태에서 결국 인생을 허비해 버리거나 낙오자로 전락할 수도 있기 때문이다.

사실, 일본인 사회의 우리 민족에 대한 뿌리 깊은 차별과 편견은 더 이상의 언급이 필요 없을 정도다. 그렇다고 해서 알게 모르게 일본인으로 자란 그들이 서툰 한국말로 이제는 아무런 연고도 없을 우리나라에서 또 다른 이방인의 신분을 감수할 수는 없는 것이며 해서도 안 될 일이다.

그렇다면 일본인보다 더 철저하게 일본인을 지향함으로써 자신의 분야에서 성공에 이르는 것이 바로 애국이자, 자랑스러운 한인의 후예가 되는 길이며, 여기에 민족의 뿌리와 긍지를 간직하면서 자자손손으로 이어갈 수만 있다면 금상첨화가 될 수 있을 거라는 생각이다. 비근한 예를 들어보자. 이를테면, 유대계 미국인들이 스스로를 이스라엘 사람으로 지칭하던가. 그들은 자신을 유대계 미국인이라고 하면서 그 뿌리에 대해 자랑스러워한다. 이

것이 바로 세계인으로서 그들이 현재를 살아가는 방법이며 거주 국가에도, 뿌리를 두고 있는 나라에도 진정 도움이 되는 것이다.

백번 양보하여 그들의 눈물은 액면 그대로 부모님이 짠해서였지 일본에 대한 거부감에서 비롯된 게 아니었다고 치자. 하지만, 문제는 더 남아 있다. 이는, 일본에서 한참이나 비주류에 속하는 조선인 학교를 졸업한 그들이기에 향후 일본인 사회에서 주류로 살아가는 것이 요원해 보인다는 것이다.

집으로 돌아오는 길 내내, 마음이 갑갑해져 오는 것이 오히려 감정은 더 복받쳐가고 있었다. 국적이 뭐 그리도 대수라고, 차라리 귀화를 하든지 해서 일본 학교에서 교육을 받고 일본인으로 살아갈 것이지 하는 안타까움이 끝내 물러설 줄을 몰랐다. 며칠이 지났음에도 불구하고 그들의 천진난만한 모습이 영 머릿속에서 떠나질 않았다. 그러다, 문득 내 생각이 짧지는 않았을까 하는 의심을 품어보기로 했다. 아무튼 내 입장에서는 그들의 삶에, 어떤 형태로든 의미를 부여하지 않고서는 그들을 마음에서 떠나보내기가 힘들었기 때문이었다.

그리고는 바둑 복기하듯이 영화를 한 장면, 한 장면 다시 불러들이기 시작했다. 그러다 퍼뜩 떠오르는 게, 무척이나 총명해 보이는 학생의 인터뷰 장면이었다. 그 친구는 동경에 소재하는 조선인 대학에 진학하려는 계획을 갖고 있는데, 대학에서 재일조선인 사회에 대한 심도 깊은 공부를 마친 후 모교로 돌아와 후학을 양성하겠다는 것이었다. 후학을 양성한다. 그렇다면 그 아이는 무엇을 위하여, 누구를 위하여 후학을 양성하겠다는 것인가.

2000여 년을 나라 없이 떠돌았음에도 불구하고, 지금까지 유대계 사회가 존속될 수 있었던 데는 아마도 유대인들의 지도자라는 랍비가 지대한 역할을 수행해왔기 때문일 것이다. 말하자면, 그들은 유대인 사회를 수천 년 이상 지탱해왔던 기둥이었던 셈이다.

즉 로마제국에 의해 강제로 고향을 등진 수많은 유대인들이 지중해를 중심으로 유럽과 아프리카 대륙을 떠돌았는데, 그들은 어디를 가든 공동체를 만들어 정착했으며 그렇게 만들어진 공동체는 랍비들에 의해 다스려졌던 것이다. 거기서, 그들은 정체성에 대한 교육을 끊임없이 행해왔고 그러한 교육을 바탕으로 현재의 유대인들이 각자의 가슴에 뿌리를 굳건히 간직한 채 미국에서 유수의 금융인으로, 그리고 유럽을 이끌어가는 정치거물로 성장해서는 세계 곳곳에서 중심 노릇을 하고 있는 것이다.

몇 년 전의 일이었는지, 해외이민청 설립이 검토되었다 결국 흐지부지되고 말았던 기억이 있다. 비록 만시지탄이기는 하나 나는 지금이라도 동 청의 설립이 추진되었으면 하는 바람이다. 이제는 우리의 경제 수준도 해외 동포들을 뒷받침할 정도는 되었다 판단

되는 바이고, 더욱이 지금도 이민이 줄을 잇고 있는 상황이기도 하거니와 향후 우리나라의 위상 강화를 위해서라도 반드시 해외 동포들의 체계적인 관리가 필요하다는 점에서다.

　이스라엘의 힘은 결코 그 국가 자체가 가진 힘 때문만이 아니다. 말할 것도 없이 지구촌 곳곳에서 저마다 세계인으로 살아가는 유대인들의 힘에서 비롯된 것이다. 이는, 부존자원 없이 머리에 의존해야 하는 우리의 입장에서도 결코 간과할 수 없는 부분이며 그런 차원에서라면 우리도 복을 듬뿍 받고 있는 상황이다. '우리학교'의 그 아이처럼 미국에서, 일본에서 우리 민족의 랍비가 되겠다고 스스로 의지를 불태우는 젊은 한인들이 나타나고 있는 것이다.

　개인 하나 하나가 그리할진대, 그렇다면 정부가 더 이상 방관자로 남아 있어서는 절대 안 될 일이다. 이제는 소매를 걷어붙이고 나서서 이들 젊은이들을 도와줘야 할 때다.

·제4장·
여행을 통하여
세계와
하나 되기

2006년 겨울, 우리는 북해도로 갔다

    겨울을 그다지 달가워하지 않던 내게 변화가 찾아들기 시작한 것은 산행 특히 겨울 산행에 재미를 붙이고 난 이후부터였다.

    사실 다른 이들에게야 뼛속마저도 시리게 하는 겨울바람이 영 마음에 들지 않겠지만 나는 그 매서운 겨울바람을 맛보기 위해 일부러 산에 오르니 말이다. 등산을 즐기게 되고 그러다 겨울이 좋아져서 잡지에서든 어디에서라도 마음을 붙드는 겨울 풍경을 맞닥뜨리면 언젠가는 꼭 가보리라 다짐을 하곤 한다.

    그 중에서도 북해도는 근 몇 년 동안 마음에 꽁꽁 담아두었던 겨울 여행지 중 그 첫 번째에 자리하고 있었다. 이와이 순지 감독의 러브레터에서, 주인공 나까야마 미호가 겨울 등반 중 목숨을 잃은 자신의 약혼자를 못 잊어하며 '오갱끼 데스까'를 외치던 북해도의 설원, 삿포로의 눈 덮인 거리와 전차 길, 그리고 영화의 주무대 배경인 소도시 오타루의 이국적이면서도 고즈넉한 분위기

겨울여행지 중에서도 백미로 꼽힌다는 북해도 오타루에서

는 이미 내겐 어느 하나도 빼놓을 수 없는 친근한 풍광이 되어 있
었다.

그러나 여느 해와 다를 바 없이 올 겨울에도 북해도 여행이 최
우선 순위는 아니었다. 그간 겨울휴가라 하여 때 맞춰 철새가 이
동하듯 주로 동남아의 리조트로 찾아들었던 우리 가족이고 보면
북해도 여행이 쉽지 않을 걸로 예상했기 때문이다. 그런데 어찌
된 영문인지 이번에는 집사람과 아이들이 선뜻 동의하는 것이었
다. 아마도 해마다 북해도 여행은 겨울이 제 맛이라며 노래를 부
르던 아빠의 소원을 이제 더 이상은 외면하지 못하겠다는 가족들

의 따뜻한 배려 때문이었을까? 여하간 나는 어느 누구에게서도 동남아 여행이라는 말이 다시금 튀어나오지 못하게, 재빨리 여행사에 일정을 문의하고는 덜컥 예약을 해버렸다.

떠나던 날

12월 29일, 밤새 선잠으로 뒤척이고도 새벽 6시경에 눈을 뜬 나는 집사람과 아이들을 서둘러 재촉하고는 인천공항으로 향했다. 새해맞이를 해외에서, 그것도 고즈넉하고 웬만해서는 인파로 붐비지 않는다는 북해도라고 생각하니 기대감은 더욱 증폭되고 있었다. 다만, 평소보다도 더 시간관념에 얽매여야 하는 이른바 '패키지여행' 이라는 꼬리표가 마음 한 구석에는 아쉬움으로 남아 있었지만 말이다.

총 5시간의 비행 끝에, 좀 더 적확하게는 2시간 반의 이륙 지연과 2시간 반의 비행으로 예정보다 늦은 오후 2시 반에 우리는 신치토세 공항에 도착했다. 입국수속을 마치고 이번 일정의 동행자들을 대면해 보니 모두들 가족 단위로 연말여행을 계획한 듯 우리처럼 아이들이 딸린 집이 대부분이었다. 말끔하게 세차를 한 관광버스에 올라 가이드의 일정 설명을 듣게 되었는데, 도착 지연으로 인하여 당초 예정돼 있던 오타루 방문은 삼일 째로 미루고 오늘은 첫 번째 밤을 보내기로 한 도야온천으로 곧장 향하겠다는 것이었다.

버스가 고속도로로 진입하고부터는, 창밖 풍경이 서서히 낯설어져 간다. 비행시간으로도 기껏 2시간 안팎인, 근거리에 있는 가장 가까운 이웃인데도 말이다. '낯섦' 이라면, 이 곳 북해도는 하얗게 쌓여 있는 눈을 제외하고 우리와는 거의 닮은 데가 없었다. 집모양이 그랬고 네모 판으로 잘려져 반듯하게 뻗어 있는 길이 더욱 그랬다. 그래서 오히려 미국에 가까워 보였다.

우리가 굳게 문을 닫고 있었을 1800년대 후반, 당시 그들은 메이지 유신을 통하여 서구의 최신 문물을 적극적으로 받아들였고, 이 때 미국의 저명한 학자를 초빙하여 북해도 개발을 맡겼다고 하니 그럴 수밖에 없었을 것이다.

하지만 일본은 역시 일본이었다. 차선간 거리가 협소하여 조금은 아슬아슬해 보이기까지 하니 말이다. 남한 면적의 삼분의 일에 해당하는 땅덩이를 갖고도 그처럼 고속도로를 만드는 스케일 만큼은 미국의 학자도 어쩔질 못했던 모양이다.

두 시간 가량을 쉴 새 없이 달려오던 버스 안으로 가이드의 카랑카랑한 목소리가 울려 퍼지더니 순식간에 단잠에 빠져있던 사람들을 깨우기 시작했다. 드디어 호텔에 도착했단다. 꼬불꼬불한 간선도로 상행로 양옆으로는 눈이 수북이 쌓여 있고 그 깊숙한 꼭짓점으로 호텔이 웅장한 모습을 드러낸다. 잠시 후, 호텔 키를 받아들고 각자의 방으로 향한 사람들은 저녁식사를 위해 다시 모이기로 했다.

우리는 짐을 풀자마자 물에 젖은 듯 잔뜩 무거워진 발걸음을 다시 재촉하고는 밖으로 나섰다. 북해도에서의 첫 밤이 흥분도 되고 4일간의 시간이 짧게도 느껴져선지 서둘러 호텔을 벗어난 우리는 눈싸움을 하기도 하면서 호텔 주위를 휘 둘러봤다.

저녁식사는 호텔 측이 패키지 여행객을 위해 마련해 놓은 뷔페 스타일로, 원탁형 테이블이 넓다 보니 다른 가족과 합석을 해야 했다. 그런데 패키지여행의 경우, 생면부지의 사람들과 첫인사를 하기 전까지가 참으로 어색하기만 한데 만약 첫인사의 타이밍을 놓치기라도 하면 어색한 분위기가 지속되어 여행 내내 서로를 짓누르기도 한다. 그래서 나는 동행한 사람들과의 인사는 이르면 이를수록 좋다는 평소의 경험에 따라 서둘러 그 가족에게 인사를 건넸다.

그쪽 아빠는 인상이 참으로 순해 보였다. 나보다는 어린 듯했고 그와 비슷한 또래의 아내, 네 살배기 사내아이와 초등학교 1학년인 딸아이가 가족의 일원이었다. 우리 두 가족은 아이들이 비

둘째 관우가 이글루를 발견하고는 혼자 들어가기 겁이 났던지 우리를 채근해댄다

교적 서로 비슷한 또래여서인지 한 시간도 채 안 되는 짧은 시간
에 가까워졌고 식사 후에는 우리가 찾아냈던 이글루에 함께 가보
기로 했다.

  그렇게 한 시간 이상을 눈밭에서 뒹굴고 나서는, 드디어 온천
욕장에 몸을 담갔다. 가슴 아래로는 뜨뜻한 온수가 몸을 녹여 주
고 있었고, 이따금씩 불어오는 겨울바람에 머리는 점점 맑아져
갔다. 제법 시간이 흘렀음에도 불구하고 답답하거나 어지러움은
조금도 느껴지지 않았다. 그러나 즐거움은 거기까지였다. 이미
물에 젖어 있던 머리카락이 얼어붙어 고드름으로 변하면서 머리
가 지끈거리기 시작한 것이다. 얼른 주위를 살펴보니 일본인 손

님들의 머리는 전혀 젖어있지 않은 채였다. 노하우는 바로, 그들은 욕탕에 들어서자마자 노천탕으로 직행하고 있었던 것이다.

그러고도 10여 분쯤을 더 앉아 있노라니 그 이상은 견딜 수가 없다. 하지만 내일 일정에도 온천이 포함되어 있다고 하니 내일을 기약하기로 하면서 노곤해진 몸을 이끌어 방으로 향했다.

이튿날

일찌감치 깨어난 둘째 관우 덕분에 여유 있게 세면을 마치고, 호텔 내 레스토랑이 세 군데라는 가이드의 엊저녁 설명을 상기하면서 그 중 가장 아늑해 보이는 곳으로 발길을 옮겼다. 운 좋게도, 도야호수 전체가 한 눈에 들어오는 구석 테이블이 우리를 맞아주고 있었다.

잠시 후, 서빙 되는 음식을 흘깃 쳐다보니 특이한 메뉴가 눈에 들어온다. 콘티넨탈 브렉퍼스트(Continental Breakfast)를 주문하게 되면 거의 대부분 계란 프라이가 곁들여지는데, 여기서는 메추리알 노른자에 주위가 푸딩으로 장식된 계란요리를 내오는 것이었다. 맛은 익숙지 않아 뭐라 평을 하기가 쉽진 않았지만 과감하게 서양식 메뉴에 전통방식을 가미함으로써 여행객들에게 신선함과 동시에 그 고장에 대한 강한 인상을 심어주기에는 부족함이 없어 보였다.

디저트로 커피를 주문하고는 오늘의 일정표를 쓱 훑어본다. 유람선 타고 도야호수 돌아보기, 미미하지만 아직도 화산활동이 이루어지고 있다는 소화신산 방문 그리고 오후에는 온천지역으로 유명한 노보리베츠의 곰 목장과 지옥계곡 방문이 그 차례를 기다리고 있었다. 동남아나 중국 여행에 비해서는 북해도 여행이 그리 빡빡한 편은 아니라지만 오늘 하루가 결코 만만해 보이지는 않는다.

짐을 챙겨들고 버스에 올라타니 희한하게도 모두들 어제와 똑같은 자리에 앉아 있는 것이었다. 가이드가 강제로 좌석을 정해준 게 아닌데도 말이다.

불현듯 대학시절 강의실이 떠올랐다. 앞자리를 놓고 다투는 몇몇의 열성파를 제외한 대다수는 대개 첫 강의 때 앉았던 곳에 자리를 잡는다. 변화를 싫어하는 사람들의 습성 때문에선지 아니면 자기의 영역을 확보하고자 하는 동물적인 본능에선지 모르지만 만약에 유목민들을 버스에 태웠다면 그들은 우리와는 달리 자리를 옮겨 다녔을지 그 결과가 자못 궁금해진다.

버스는 얇은 눈으로 덮인 도로 위를 지치지도 않고 달려간다.

아침나절 내내 눈발이 날리다, 그치기를 반복하더니 드디어 점심 이후로는 아예 이마저도 구경하기가 어렵다. 눈 천국, 어떤 이들 에게는 눈 지옥이라는 악평을 듣는 북해도에서 이처럼 눈이 귀할 수 있는 것인지 순간 아쉬움이 밀려든다. 평소에야 운전하기에도 거북살스럽고 아니면 제설차가 득달같이 달려와서 쓸어가 버리 고는 잔해만이 처참하게 남아 영 달갑지 않았지만 일부러 눈 구 경을 자청해서 온 북해도인지라 아쉬움은 더욱 깊어만 갔다.

어른들은 하루 종일 구시렁거려도 아이들은 무척이나 신이 나 있다. 집사람이나 나나 막상 와보니 별 게 아닌 걸 가지고 장사를 한다고 불평을 하는 사이에도 아이들은 어느 곳에서나 놀 거리를 잘도 만들어낸다. 비탈에 만들어진 살짝 얼어붙은 빙판 위에서

온천수가 스멀스멀 피어오르는 지옥계곡에서

눈썰매를 지치느라, 때로는 눈싸움을 하느라 정신이 없다.

마침내 지옥계곡에 도착했다. 이곳을 마지막으로, 드디어 금일 일정이 종료되는 것이다. 어제보다도 더 수질이 좋다는 노보리베츠 온천수를 잠시 후면 맛볼 수 있다는 생각에 내딛는 걸음마다 힘이 불끈 솟는다.

계곡으로 오르는 길 양옆으로 군데군데 연기가 피어나면서 온천수가 솟아오르고 있었다. 그런데 특이한 점은 솟구치는 온천수 주위로 사당이 어김없이 버티고 서 있다는 것이다. 마치 신사의 사당을 축소해 놓은 듯 아기자기한 모양이 시쳇말로 포토제

사진을 찍고난 후 첫째 유진이에게 무엇을 빌었냐고 물었더니, '헤' 웃고 만다. 이젠 이 녀석에게도 숨기고 싶은 게 있는 모양이다

닉이다.

그런데 이곳 사람들은 무슨 이유로 온천수마다 미니사당을 만들어 놓았던 것일까? 자신에게 뭔가 도움이 되면 모두 신격화한다는, 그래서 8백만이 넘는 신들을 모신다는 일본이고 보면 여기 사당도 그들 특유의 종교관에서 비롯되었을지 모를 일이다. 그게 아니면 이곳을 개발하다가 비명횡사한 노동자들의 넋을 기리고자 하는 것인지도 모르고 말이다.

그 주된 이유야 어떻든, 여행객들을 한껏 매혹시키고 있으니 일본인들의 상술은 인정하지 않을 수 없다. 일본이 유럽처럼 유적지를 올망졸망 거느리고 있는 것도 아니고 북미대륙 마냥 천혜의 자연환경으로 둘러싸여 관광객을 끌어들이고 있는 것도 아니니 말이다.

미니사당을 자세히 살펴보면, 미묘하나마 사당마다 그 크기나 생김새가 서로 다름을 알 수 있다. 만약 미니사당이 천편일률적이었다면 사진도 어느 한 곳을 배경으로 단 번에 끝났을 테고 대부분의 여행객들이 시시해 했을 일이다. 소화신산에서도 그랬다. 동네 야산만한 크기에 중간쯤에서 연기가 피어오르는 것 말고는 별다른 관광거리가 아니었다. 그러나 그들은 사진 찍기 좋은 곳을 골라 아기자기한 조형물을 설치해 놓음으로써 적어도 증명사진이 필요한 성인들에게만큼은 본전 생각이 안 나도록 만들고 있

글자 모양 만큼이나 귀여운 포즈가 맘에 쏙 들어온다

었다.

안타깝게도, 우리의 모습이 순간 스쳐 지난다. 역사드라마가
유명세를 타면 지자체들이 너 나 할 것 없이 드라마 유치에 달려
들어 세트를 짓느라 부산을 떨다가도, 드라마가 종영되면 찾는
이 없어 천덕꾸러기가 돼 가는 세트장이 우리의 수준을 대변해
주고 있는 것 같아 우울해졌다. 오늘은 이래저래 가라앉은 마음
이 영 회복이 안 되려나 보다.

셋째 날

아침에 눈을 떠보니 관우의 얼굴이 말이 아니었다. 어젯밤 일찍 잠자리에 들었음에도 불구하고 얼굴이 퉁퉁 부어올라 피로가 전혀 가시지 않은 모습이었다.

엊저녁, 가족 모두가 산책을 나가려다 그 녀석이 하도 오락을 하겠다고 떼를 쓰기에 보내줬더니 얼마 후 돈이 떨어져 방으로 올라와서는 혼자인 것에 당황스럽고 놀랐던지 눈물을 찔끔찔끔 흘리고 있었던 모양이다. 사실 그 시간에 누나 유진이가 방에 있었으니 아마도 관우가 방을 제대로 찾지 못했던 때문이었다. 여하간 그런 상태에서는 잠이 더 필요할 것 같아 아이들은 재우기로 하고 집사람과 둘이서만 식당으로 향했다.

슬슬 피로감이 느껴지는 삼일째여선지 오늘은 두어 가족이 약속한 시간보다 늦게 버스에 올랐다. 노보리베츠 시대촌을 들른 후 오타루와 삿포로로 향한다는 가이드의 설명이 뒤를 이었다.

그러나 오늘도 도무지 흥이 나질 않는다. 엊저녁 잠자리에 들기 바로 전 펑펑 눈이 오기에 밤새 내 키만큼이나 쌓여있기를 은근히 기대하고 있었건만 하늘은 오히려 어제보다도 더 청명해져만 간다. 그럴 거라면 아예 눈이나 내리질 말든지 약이라도 올리겠다는 것처럼 말이다.

관우 녀석은 사무라이 칼에 무척 마음이 가는 모양이다. 사진을 찍고서도 칼을 한 번 만져보고 싶어 발길을 떼지 못한다

노보리베츠 시대촌은 아이들 세상이었다. 과거 중세기 일본의 모습을 고스란히 담고 있는 시대촌은 우리의 민속촌과도 그 콘셉트가 흡사했는데 운 좋게도 우리가 도착하자마자 일본의 대표적인 캐릭터, 닌자와 기생을 주인공으로 하는 연극이 잇달아 공연되기 시작했다. 남자 꼬마 아이들은 특히 닌자가 나오는 연극에 평소의 그들답지 않게 극도로 집중하면서 관람을 했고 여자 꼬마 친구들은 기생 분장을 한 여배우들이 춤과 노래를 곁들이는 공연에 푹 빠져들었다.

그런데 특이한 것은, 시대촌 구석구석으로 유독 고양이 인형이 빈번하게 눈에 띈다는 것이었다. 그러고 보니 엊저녁 산책 중에도 토산품 가게에서 각양각색의 고양이 인형이 진열되어 있던 것이 퍼뜩 떠오른다.

가이드 왈, 일본 사람들은 고양이를 무척 좋아하는데 특히 '마네키네꼬' 라고 해서 왼쪽 발을 든 고양이는 많은 복과 행운을 가져다준다고 하여 많은 사랑을 받아 왔단다. 그래서 음식점이나 상점 앞에 진열이 되어 있는 경우 이는 단지 보기 좋으라고 꾸민 것이 아니라 부를 상징하고 있기에 모셔놓은 거라는 설명이었다. 아이들이 너도 나도 고양이 인형 앞에서 사진을 찍어달라고 졸라댔던 것을 보면 그들도 본능적으로 새해를 맞아 복을 더 많이 받

유진이가 기모노를 사달라고 조를까봐 엄마는 얼른 자리를 뜨잔다

고 싶어서였나 보다.

　오후 2시로 접어들어 버스가 막 오타루의 경계를 알리는 표지
판을 스쳐 지났다. 일찌감치 눈 없는 북해도에 김이 빠져 있었다
지만 시야로 들어서는 창밖 풍경이 예상치 않게도 나를 들뜨게
한다.

　건물은 대개가 중세 유럽풍의 석조 양식으로, 높이는 3층 이하
의 비슷비슷한 키임에도 불구하고 듣던 바대로 저마다 고색창연
하다. 그러고 보니 북해도에 들어온 이후로는 3층 이상의 건물을
본 듯한 기억이 없다. 행정적으로 규제를 하고 있는지는 알 수 없
으나 규제를 할 필요조차도 없을 성싶다. 그처럼 넓은 땅덩이에

썩어도 준치라고, 오타루는 눈 없이도 나를 들뜨게 했다

인구밀도도 낮아 삐죽하게 키를 올릴 필요가 없을 테니 말이다. 그래서 좋은 것이, 여기 북해도처럼 드문드문 낮게 퍼져있는 높이에서는 무엇이든 다 감싸 안아줄 것 같은 포근함이 느껴져 좋다. 게다가 오타루의 고색창연한 건물들이 한껏 눈을 즐겁게 해주고 있어 기쁨은 배가 되어간다. 여하간 나는 전혀 기대하지 않던 오타루에서, 모처럼 만의 기분전환에 성공하고 있었다.

돌아오던 날

잠시 눈을 붙였다고는 믿기지 않을 정도로 후딱 시간이 흘렀다. 평소에도 귀가 좋지 않은 유진이의 끙끙거리는 소리에 잠을 깨보니 기내는 이륙을 10여 분 가량 앞두고 각자의 자리로 돌아가려는 사람들로 잠시 소란스러워져 있었다.

창밖으로 낯익은 풍경이 들어온다. 북해도에서는 뭐든지 드문드문 떨어져 있어서 숨통이 트였었는데 다닥다닥 붙어있는 집이며 꼬리를 무는 자동차 행렬이 떠오르니 벌써부터 가슴이 답답해진다. 그런 나를 얼른 위로하고 싶어서 다음 휴가 때가 언젠지 계산도 했다가, 이번 여행의 소득은 또 무엇이었나, 곰곰이 따져보기도 한다.

　소득이었다면, 비록 함박눈을 펑펑 쏟아내는 오타루와 삿포로를 끝내 경험하지 못하고 돌아섰지만 연말연시의 북적거림에 시달리지 않고 우리 가족을 위한 또 하나의 추억을 만들 수 있었다는 것이 아니었을까. 그렇더라도, 집으로 돌아가면 러브레터를 한 번 더 빌려 볼 생각이다. 그래서 정작 이 곳에서 맛보지 못한 눈 덮인 북해도를 마음껏 만끽하면서 남아있는 아쉬움마저도 털어내야겠다.

'느림'의 미학, 여행에서 찾기

　눈발이 거꾸로 솟구치기 시작한다. 그 모양새가, 마치 흩뿌려진 인공눈이 저 밑바닥에서 대형 선풍기에 의지해서는 하늘로 기어오르고 싶어 안간힘을 쓰고 있는 듯하다. 강풍주의보라는 예보가 있더니만, 바람이 점점 심해지고 있나보다.

　여의도 사무실에서 한참 동안이나 더 뿌예진 창밖을 멍하니 바라본다. 그러다, 닿을 듯 말듯 서로 바삐 지나치는, 어깨를 잔뜩 웅크린 행인들의 뒷모습으로 엊그제의 고베 여행이 몇 년 전의 일처럼 아득해져 간다.

　2007년 3월 1일 목요일 오후, 고베 시내로 진입하는 버스 안으로 차창 풍경이 서서히 스며들었다. 모두들 휴가라도 떠나보낸 양 미동조차 없는 고풍(古風)의 건물과 건물, 가끔 내 옆구리를 느릿하게 스쳐 지나는 자동차 그리고 어쩌다 눈에 띄는 사람들은 마치 저들이 도시인인가 싶을 정도로 유유자적 걸음을 옮기고 있었다. 고베는 오전 내내 북새통을 이루던, 인천공항을 막 탈출한 나에게 적응을 위한 찰나의 시간도 허락지 않았다. 별안간 별세계로 몸뚱이가 옮겨진 듯 나는 거기서 현기증마저 느끼고 있었던 것이다.

애초에는 고베도 3박 4일의 일정 중 첫째 날 오후를 땜질하기 위한 방문에 불과했다. 그도 그럴 것이, 항용 오사카 지방으로 여행을 한다면 어느 누구든 교토의 고찰(古刹)이나 오사카에서 미가(味家) 탐방 혹은 쇼핑을 즐기는 것이 주목적이지 별반 내세울게 없는 고베를 염두에 두지는 않을 테니 말이다. 게다가 내겐 사전지식이라고 해봐야 1990년대 중반 어느 해인가 지진으로 인해

고베항 메리켄파크에서

큰 피해를 입은 적이 있었다거나, 일찍이 개항되어 서양인들의 발길이 잦았던 탓에 동서양의 문화가 공존하는 항구도시라는 정도였다. 그런 고베가 첫 대면서부터 마음을 홀랑 빼앗고 있었던 것이다.

　메리켄 파크를 산보하며 대양 쪽에서 불어오는 산들바람을 마주하면서, 차이나타운을 둘러보기 위해 느긋한 팔자걸음으로 거닐어 들어가던 시내에서, 그리고 과거 외국상인들이 거주했다던 키타노이진칸 지역을 소요(逍遙)하면서 그간 메트로폴리스의 속도전(速度戰)에 길들여 있던 허리띠를 느슨하게 풀어 헤치고는 맘껏 여유로움을 즐기고 있었으며 곳곳으로 동서양의 문화가 어우러진 도시미(都市美)는 나를 더욱 들뜨게 했다.

　돌이켜 보건대, 지금까지 내게 있어 여행이라 하면 대체로 다음의 세 가지 범주에서 크게 벗어나질 않았다. 첫째는 20대 청년시절 로마나 파리와 같은 유적지로 배낭여행을 떠나는 것, 둘째 결혼 이후로 가족들을 동반하여 괌이나 동남아의 리조트에서 휴가를 보내는 것, 그리고 마지막으로 아이들의 뒤치다꺼리에 대한 부담이 없어진 지금, 교육적으로 도움이 될 만한 곳으로 여행을 떠나는, 그러니까 이번처럼 교토의 사찰을 돌아본다든지 오사카의 유니버설 스튜디오나 수족관을 방문하는 것이었다. 그러나 이제부터는 여행의 범주에 하나가 더 포함되어야 할 것 같다. 'like

a Local' 즉 한적하다면 더욱 좋을 여행지에서 현지인처럼 살아
보는 것 말이다.

언제이던가, 현존하는 지구상 최고의 청정지역이라는 북유럽
핀란드의 난탈리(Naantali)를 소개하는 다큐멘터리를 시청한 적
이 있었다. 바위와 숲 사이에 한적하게 늘어선 주택은 마치 화집
(畵集)에서 금방이라도 튀어나올 것 같은 풍광과 닮아 있었고 좁
다란 골목에 들어선 독특한 상점들은 언뜻 보아서는 미술관이나
작은 박물관으로 착각할 정도로 무척 정미(精美)해 보였다. 이처
럼 예쁘장하고 고즈넉한 마을을 마주하면서 점점 아늑함 속으로
빠져들었다. 그러나 그 때는 흡사 갤러리에서 아름다운 풍경화
한 폭을 발견하고도 사고 싶다는 충동까지는 다다르지 못한 채
한동안 감상에만 빠져있는 기분이었다고나 할까.

그런데 고베를 다녀온 이후로 이제는 그 너머에 무엇이 자리하
고 있었는지 확연히 깨달은 것이다. 오후의 일정에 불과했지만
고베로의 여행을 통하여, '이런 곳에서 잠시라도 살아봤으면' 하
는 잠재된 소망이 부지불식간에 표출되고 있었던 것이다. 그리고
는 망각이 무서워 서둘러 스케치를 시작했다.

스쿠터를 빌려 시장 이곳저곳을 기웃거리기도 하고 오후에는
벼룩시장을 찾아가 흥정도 해본다. 그 다음날에는 다운타운을 돌
아보는 것이다.

"침대에서 이리저리 몸을 뒹굴다, 그것도 지루해지면 느릿하게 일어나서는 근처의 카페로 찾아들어간다. 종업원의 눈인사를 반갑게 맞으며 브런치와 함께 아메리카노 한잔으로 그렇게 늦은 하루를 시작해 보는 것이다."

고베 여행을 함께 한 학부모들. 그들도 과연 나만큼이나 고베를 가슴에 한 가득 담고 있었을지

"딱히 목적지를 정한다면 일정에 맞춰야만 할 것 같은 부담이 생길 수 있으니 오늘도 마음 내키는 대로 발길 닿는 대로 몸을 내맡겨본다. 걷다가 눈에 띄는 숍이 있으면 잠시 들러 쇼핑을 하고 그러다 지치면 진한 에스프레소로 몸을 깨운다."

"땅거미 질 무렵이면 미리 예약해 놓은 키타노이진칸의 근사한 레스토랑에서 재즈나 클래식 선율에 몸을 맡기며 저녁시간을 보내는 것이다. 아니면 크루즈에 승선해서는 바다 내음이 잔뜩 배인 석양에 젖어들거나, 고베의 야경을 감상해도 좋을 일이다."

기실 어떤 종류의 여행이 되었건, 그로 인한 즐거움은 말로는 다 표현이 어려울 것이다. 나와 같은 직장인이라면 특히 공감하는 사실이겠지만 하루하루의 일상은 다람쥐 쳇바퀴 생활에 다를 바 없다. 그것도 꽁지에 불붙은 다람쥐 말이다. 주중 5일간은, 조금이라도 뒤쳐지면 마치 괴물의 아가리 속으로 빨려들기라도 할 것처럼 허겁지겁 시간을 보내고 주말이 되어서는 으레 아이들과 함께 시간을 보내거나 가족행사에 얼굴을 내밀어야 한다. 그러한 판에 박힌 사이클로 인해 점점 활력은 떨어져가고 마침내는 일상을 벗어나고픈 욕망이 꿈틀대기 시작하는 것이다.

그래서 이처럼 틀에 짜인 패스트-리빙(Fast-Living)에서 잠시 벗어나 슬로우-리빙(Slow-Living)을 찾는 사람들이 점점 늘어나고 있는 것이다. 심지어 어떤 이들은 아예 짐을 싸들고 낙향을 하거나 다른 이들은 일탈을 꿈꾸며 심심치 않게 몽골이나 티베트로의 트래킹 또는 아마존, 아프리카로의 탐험 길에 몸을 내던지며 고생을 자처하기도 한다. 하지만 오지(奧地)로의 여행은 아무래도 많은 시간과 체력을 요구하는 일이 될 것이기에, 고베처럼 문화적인 맵시와 소도시 특유의 여유로움을 동시에 만끽할 수 있는 여행지가 대안이 될 수도 있겠다는 생각이다.

이어령 선생은 여행을 아이스크림 산업이라 정의하기도 했다. 'I Scream' 즉 사람들이 감동을 받아 '소리 지르게(scream)' 만들

어야 한다는 의미다. 그러나 여행에서 비롯되는 감동이 반드시
일순간에 소리를 내지르게 만들어야 하는 것만은 아닐 것이다.
순간의 감동을 불러일으키지는 못하더라도 고베에서처럼 일상에
서 벗어나 한껏 여유로움을 즐길 수 있다면 이도 훌륭한 관광 상
품이자 여행이 될 수 있지 않을까?

내변산(內邊山) 산행기

이삼 주 전, 어느 저녁식사 무렵이었다. 집사람이 넌지시 학교 엄마들 모임에서 주말 스키여행을 계획하고 있는데 다녀와도 되겠느냐는, 마치 나만 떼놓고 가야하는 것이 무척이나 안쓰러운 양 동의를 구하는 것이었다. 작년에는 여름방학 동안 미국에서 한 달반씩이나 어학연수도 했는데 이삼일쯤이야, 쉬이 대답해 주고는 이내 잊고 있었다. 그러다, 별안간 지난해 그 기간 중에 다녀왔던 내장산을 기억해내면서 기회를 다시금 활용해보리라 작정케 된 것이다.

연말연시를 코앞에 둔 금요일 저녁, 그간 함께 북한산을 적잖이 넘나들었던 20년 지기 고교동창생 김진성 군과 만나기로 한 7시를 목전에 두고 집을 나섰다. 느긋하다 못해 굼뜨기까지 한 그는 오늘도 예외 없이 약속시간이 한참 지나서야 모습을 드러냈다.

김진성 군은 나를 발견하자마자 평소와는 달리 종종걸음으로

20년 지기 고교 동창생 김진성 군이 늘 함께 하니 산행길의 즐거움은 배가 된다

달려와서는 잔소리를 막 늘어놓으려는 나를 차 안으로 몰아넣은
후 출발을 선언한다. 그도 1박2일의 등산 일정이 꽤나 기대되고
흥분됐던지 차에 타자마자 목청을 높여가기 시작했다. 우리의 수
다는 서해안 고속도로에 진입하고 나서야 잦아들었고 무섭게 몰
아치는 빗줄기를 마주하면서 비로소 흥분에서 깨어나고 있었다.
실은 며칠 전부터 언론매체에서는 주말동안 서해안 지방으로 비
나 눈을 예보하고 있었고 이것이 마음 한 켠에 은근한 걱정으로
자리하고 있었던 것이다.

안면도 IC를 지나면서 눈에 띄게 줄기 시작한 차량행렬로 인해
속도를 한껏 높이는 차들이 하나 둘씩 우리의 곁을 스쳐 지났다.

마음 같아서야 가능한 한 빨리 내변산에 도착해 아쉬우나마 밤풍경이라도 마주하고픈 심정이었으나 또 다시 굵어지는 빗줄기를 바라보면서 100km 내외로 속도를 조절해 갔다.

무심히도 한 시간이 더 흘러갔다. 곁에서 이리저리 라디오 채널을 돌리고 있던 김진성 군은 이젠 음악도 지겨워졌는지 아예 스위치를 눌러 꺼버리고는 멍하니 창밖만 주시한다. 나도 군산을 지나면서부터는 슬슬 뒷목이 뻐근해져 옴을 느낀다. 이젠 바꿔 달랠까 하며 한참을 갈등하고 있는데 마침내 부안 IC가 흐릿하게 모습을 드러낸다.

톨게이트를 지나 국도로 진입한 우리는 등산로 입구인 내변산 근처까지 가기엔 시간이 너무 늦어 있음을 깨닫고는 이내 부안읍에서 숙소를 찾기로 했다. 겉은 너무도 멀쩡했건만, 모텔 방은 퀴퀴한 냄새를 풍기면서 우리를 맞아주고 있었다. 게다가 길옆으로 위치한 탓인지 도로를 짓밟고 지나는 우람한 트럭의 굉음이 심심찮게 들려오기까지 했다. 그러나 하룻밤이요, 남자들만의 잠자리니, 그리 괘념치 않기로 하고 짐을 풀었다.

자정이 넘어선 시각이었음에도 여전히 우리는 가벼운 흥분에 들떠 있었고 더욱이 주꾸미, 조개 등의 해산물로 유명한 이 곳 변산반도까지 자리한 바이니, 잠시 맛보기 시간을 갖기로 하고는 모텔 옆 포장마차로 들어섰다.

외진 곳에 자리하고 있었지만 실내는 이미 손님들로 가득 차 있었다. 주인아저씨와 아주머니 사이에 구수한 전라도 사투리가 쉴 새 없이 오갔고, 20대 후반 쯤의 젊은 친구들이 뿜어대는 담배연기는 좁은 실내를 넘쳐나고 있었다.

우리는 아저씨가 탄불에 구워내는 조개류를 안주삼아 이곳에서 그리 멀지 않은 고창의 특산물인 복분자주를 음미하면서 내일의 산행로를 다시금 점검하기도 하고 어깨너머 TV에서 들려오는 음악 프로그램을 흘깃거리면서 복분자주 한 병을 다 비워갔다. 난로를 껴안을 듯 바싹 붙어 앉은 김진성 군은 여행 끝에 오는 피로감 때문이어선지 발그스름한 얼굴로 어느새 꾸벅꾸벅 졸고 있었다.

오전 7시, 주인아주머니의 넉넉한 인상과는 다르게 단 1분의 에누리도 없는 모닝콜 서비스를 신호로 우리는 찌뿌듯한 몸을 벌떡 일으켜 세우며 분주히 아침을 열어가기 시작했다. 이 닦고 세수하러 화장실을 들락거리고 물통에, 배낭에, 지팡이에, 방안 여기저기에 흩어져 있는 등산용구를 하나씩 점검하는 동안 불현듯 창 밖 풍경이 궁금해지는 것이었다.

순간 나는 내 눈을 잠시 의심하고 있었으나 열어젖힌 커튼 밖으로는 눈이 펑펑 쏟아지고 있었다. 도로 위는 이미 하얗게 덧칠해져 틈새를 찾아볼 수 없을 지경이었고 느릿느릿 거북이걸음을 걷는 자동차들, 벌써 체인을 장착한 차들도 눈에 띄었다. 김진성 군과 나는 창밖만 응시한 채 그렇게 얼마간을 서 있었다. 눈길 산행에다 만약 온종일 눈이 계속되기라도 한다면 빙판길 귀성을 어찌 감당해야할지 막막하기만 했던 것이다.

일단 아침부터 해결하기로 했다. 늦은 밤 과음까지는 아니었어도 익숙지 않은 잠자리여서인지 뱃속은 더부룩함 그 자체였다. 부안의 또 다른 명물이라는 백합조개 죽으로 메뉴를 정하고는 숟갈을 뜨는 둥 마는 둥 하는 사이, 밖은 어느새 어렴풋한 햇살이 온 대지를 골고루 더듬어대기 시작했다.

바로 조금 전까지만 해도 함박눈이 시야를 가려 놓더니 어느새 햇살이라. 그 변덕에 물들었는지 우리까지도 우왕좌왕하고 있었다. 당최 일기를 종잡을 수 없으니 산행은 일찌감치 포기하고 주변의 채석강, 격포항이나 돌아보고 올라가자는 얘기부터, 하루를 더하더라도 산행을 강행하자는 다소 오기 섞인 주장까지, 반 시각 이상을 그렇게 주저하고 있었다.

결국은 몇 미터가 되더라도 산행은 시작해보자고 어중간하게 결정을 내리고는 산행로 입구인 남여치 매표소로 향했다. 일기가 정상적인 경우 부안읍에서 남여치까지 20여분 가량이면 충분할 테지만, 눈이 쌓여 살짝 얼어붙은 도로는 우리를 예정보다 30분 이상이나 붙들고 있었다. 더욱이 남여치를 목전에 둔 언덕길에서는 급기야 뒷바퀴가 헛돌기 시작했고 앞서 가던 차도 요란한 공회전 소리를 내지르면서 자꾸만 우리 쪽으로 밀려드는 것이었다. 뒤로는 차량 두어 대가 겁을 먹어서인지 아예 언덕길을 오를 시도조차 하지 않는 모습이 눈에 들어왔다.

속을 졸일 대로 졸이고 도착한 남여치 매표소 입구는 매우 협소했고 몇 안 되는 차량이 드문드문 눈에 띌 뿐이었다. 등산화 끈을 조이고, 옷매무새를 점검하고는 등산로에 접어드는데 앞서던 김진성 군이 갑자기 사진을 찍자는 것이다. 아무래도 눈이 이 기세대로라면 올라가다, 어느 때라도 내려와야 할 테니 이른 감이 있긴 하지만 이 시점에서 사진이라도 남겨야 하지 않겠느냐는 것이었다. 등산로 입구 언저리서부터 사진을 찍기가 영 쑥스럽기는 했지만 그의 말에도 일리가 있다싶어 내키지 않는 V자도 그려가며 이리저리 포즈를 취했다.

올라가는 내내도 김진성 군은 귀성길이 걱정스럽다, 눈이 계속된다면 어느 지점에서 내려와야 하느냐, 아이젠은 준비해 왔느냐며 걱정거리를 늘어놓느라 잠시도 쉬질 않는다. 실은 내가 김진성 군보다 더 걱정을 하고 있었는지 모른다. 아까 고갯길을 올라오다 뒷바퀴가 제멋대로 갈지자를 긋던, 카오스를 경험했던 터라 그 길을 되짚어가야 한다는 생각에 내내 무거워진 마음을 거둘 수가 없었던 것이다.

평소 김진성 군의 페이스는 30분을 기점으로 급격히 떨어지는데 오늘도 예외가 아니었던지 잠시 쉬어가잔다. 나는 배낭을 내려놓고 주위를 빙 둘러보았다. 그런데, 시선 한 끝으로 바다가 서서히 들어오고 있는 것이었다. 오르는 내내 가슴을 졸이느라 까맣게 잊고 있었던 바다가 바로 어깨 너머에서 넘실대고 있었다. 비로소 아침 내내 오그라져 있던 숨통이 트이는가 싶더니 갑자기 힘껏 소리를 내지르고픈 충동이 일기 시작했다. 이왕 시작한 것이니 근심일랑 털어버리자고 스스로에게 주문이라도 걸듯 그렇게 소리를 지르고 싶었던 것이다.

시간 반이 훌쩍 지나, 우리는 월명암에 다가서고 있었다. 진입로인지 아니면 또 다른 산길인지 긴가민가하면서 얄따란 길을 좇아 올라가다보니 월명암은 평범하기 그지없는 모습으로 산비탈에 기대어선 채 조용히 시간을 멈춰 세우고 있었다. 숨소리조차도 기어들게 하는 적막감. 그렇게 주눅이 든 우리는 조용히 배낭을 내리고는 한동안 꼼짝도 하지 않았다.

어깨너머 암자에서 인기척이 들려온다. 60대 초반쯤 되어 보이는 보살님이 사뿐히 마루로 내려와 마당을 가로지른다. 우리는 보살님에게 살갑게 인사를 드리고는 남은 여정에 대해 이것저것 여쭙기 시작했다. '남자가 죽기 아니면 까무러치기' 라는 보살님의 다소 엉뚱한 답에 일순 긴장이 풀어지고 용기백배해선지, 우리는 당초 목적지였던 내소사 매표소에서 일정을 마치기로 하고 월명암을 출발했다.

어제 짐을 꾸리면서 넣을까 말까 고민했던 지팡이는 군데군데 얼어붙은 산길의 소중한 동반자가 되어 우리의 발걸음을 한결 가볍게 한다. 드디어 오락가락하

보살님의 엉뚱한 답에 스르르 긴장이 풀려 간다

던 눈발조차도 자취를 감추고 햇살이 대신 우리의 발밑까지 흩뿌려진다.

마주치는 등산객이 잦아지기 시작했다. 아마도 그들은 내소사에서 일정을 시작했을 것이다. 당신도 눈길에 고생이 많다는 동료의식 때문인지, 아니면 그들도 우리처럼 간간히 마주치는 사람이 반가워서인지 정감 있게 인사를 건넨다.

부동산 가격 폭등이며, 아직은 일러 보이는 노후대책 문제까지

이런 저런 얘기를 주고받는 동안 등산로는 어느 사이 평탄한 오솔길에서 오르막으로 바뀌어 있었다. 아마도 마지막 오르막일거라, 마음 내키는 대로 단정 짓고는 속도를 내기 시작했다. 한참을 헉헉거리니 곰만 한 바위덩이들이 그 편편한 등짝을 우리에게 내보이고 있었다. 우리는 눈도 그쳐 더 이상 마음 졸일 일이 없을 것 같아 그 곳에서 천천히 휴식을 취하면서 사진도 좀 더 찍어 보기로 했다.

등산화 끈도 풀어 놓고, 목젖까지 끌어올린 윈드스타퍼에 모자까지 벗어놓으니 이 쪽 저 쪽으로 바람이 솔솔 들어온다. 마침 따뜻한 게 뭐 없을까 궁리하던 찰나 김진성 군이 배낭에서 일회용 커피믹스를 주섬주섬 꺼내든다. 김이 잔뜩 밴 온수는, 입안에 침이 고여 가는 걸 아는지 모르는지 미리 뜯어놨던 커피가루 위로 골고루 뿌려지며 서서히 잔을 채워간다.

땀에 흠뻑 젖어 한 모금 들이키는, 겨울 산 정상에서의 커피 맛이란 실로 경험해 보지 않은 이에게는 설명하기 힘든 감동이다. 더욱이 목덜미를 휘감아 도는 매섭디 매서운 산바람이 손끝에서 올라오는 커피의 온기와 맞닥뜨릴 때면 그 감동은 최고조에 다다른다.

얼마간이나 그렇게 주저앉아 있었는지 모른다. 주섬주섬 짐을 꾸리면서도 엉덩이를 떼기가 여간 힘든 게 아니었다. 아마도 오

커피를 한 잔 들이켜고 나서야 비로소 내가 산에 들어있음을 느낀다

들오들 몸이 떨려오지 않았다면 얼마간은 더 그렇게 죽치고 있었을 것이다. 아마도 누군가가 나를 잠시 동안 이 세상에서 지워내버리는 마술을 부리고 있었는지 모른다.

직포폭포로 향하던 중 우리는 조금씩 시장기를 느끼고 있었다. 아침부터 노심초사한데다 죽도 뜨는 둥 마는 둥 했으니 말이다. 만약 폭포 앞에서 만난, 운동부 선생님이 건네준 김밥이 아니었으면 폭포의 절경도 마다하고 지름길로 내려오고야 말았을 거다. 예정으로는 오후 2시쯤 등산을 마치고 격포항이나 곰포항에서 점심을 하기로 계획하고 있었으나 오전 중에 우왕좌왕하며 시간을 허비하는 바람에 출발시간은 지연되었고 그런 와중에 간식거리도 챙기지 못하고 말았던 것이다. 쭉 하소연을 듣고 계시던 운동부 선생님은 그런 우리의 모습이 안쓰러웠던지 젊은 제자들에게 김밥을 건네주다 말고는 배낭 속에서 김밥 두 줄을 더 끄집어내셨다.

마지막 관문인 재백이고개를 지나 원암 매표소를 1km쯤 앞에 두고는 서서히 다리가 풀려오고 있었다. 매번 느끼는 바이지만 산행 시간에 관계없이 종착지에 다다라서는 늘 긴장이 풀어지는 느슨함을 느낀다. 그러다가도 등산로를 빠져나와 거리로 들어서면 내가 무슨 에베레스트라도 완주한 프로 클라이머라도 되는 양 괜스레 어깨에 힘을 잔뜩 주고, 아직도 기력이 남아돈다는 듯 다시금 씩씩하게 걸음걸음을 내딛는다.

드디어 원암 매표소를 벗어났다. 우리는 혹여 시골 인심이라면 등산객에게 남은 뒷자리를 내줄 수도 있겠거니 하고 매표소 근처에서 엄지손가락을 열심히 저어가면서 히치하이킹을 시도했다. 그러나 지나치는 차들은 속도도 늦추지 않은 채 무심히도 지나쳐 갔다. 요즘 세상이 어떤 세상인데 함부로 낯선 이들을 뒷좌석에 동행시킬 수 있겠는가. 이내 우리는 길 건너 편의점에서 콜택시를 청하기로 했다. 10여 분 뒤쯤 도착한 택시는 궂은 날씨에 얼마나 시달렸던지 앞 유리창만을 허옇게 드러낸 채 온통 흙탕물로 뒤범벅이었다. 기사 아저씨는 남여치 매표소로 돌아가는 내내 변산 자랑을 구수하게 풀어 놓으신다. 코밑까지 들어 차오는 뜨듯한 히터바람이 자꾸만 눈꺼풀을 짓누르면서 말소리가 점점 멀어져 갔다. 그러다, 별안간 화제가 날씨 얘기로 옮겨가고 있었다. 이제야 분풀이 상대를 만났다는 듯이 나는 눈을 치켜뜨고는 불평을 해대기 시작했다. 눈이 왔다가 맑았다가 그리고 또 다시 눈이 내리는, 변화무쌍한 변덕 날씨에 어지간히도 애를 먹었다고 툴툴거리자 아저씨는 서해안의 날씨가 다 그렇다며 심드렁해 하신다.

차를 찾고는 땀으로, 추위로 얼룩진 몸뚱이를 잠시만이라도 쉬게 해주겠다며 변산온천으로 방향을 잡았다. 산행을 준비하는 동안 변산온천에 대해서는 여느 온천지역처럼 적지 않은 온천탕이 여기저기 있겠거니 했고 그간 들어본 적이 없는 걸로 봐서 유명한 온천지는 아닐 거라 막연히 여기고 있을 뿐이었다. 그러나 막상 도착해보니 건물 하나만 덩그렇게 놓여있을 뿐, 이젠 대한민국 어디에서도 찾아볼 수 없을 정도의 낙후된 시설에 악취까지 풍겨오는 것이었다. 어찌나 실망스럽고 언짢던지 우리는 20분도 채 안 돼 몸을 빼내고는 격포항에서 늦은 점심을 들기로 했다.

돌아오는 길은 토요일 오후라 믿겨지지 않을 만큼 한가하기 그지없었다. 내려갈 때와는 달리 김진성 군이 마지막 두어 시간을 운전해 준 덕에 피곤에 절어 퉁퉁 부어오른 눈을 감아볼 수 있었다. 차 안은 내려갈 때와는 달리 갈수록 적막감에 젖어들고 있었다. 그 적막감이 영 어색해서인지 아니면 졸음이 슬슬 밀려와선지 줄곧 앞만 주시하고 있던 김진성 군이 고개를 돌리며 말문을 트기 시작한다.

김진성 군은 늦은 점심 겸 저녁이었던 격포에서의 백합조개탕이 내내 못마땅했었나보다. 실은 나도 시장이 반찬이라는 말이 무색하게 허기진 배를 절반도 채우지 못하고 물러나고야 말았다. 요즘은 특산물도, 요리사도 값을 최고로 쳐주는 서울로 몰려들기 때문에 특산지가 더 이상은 매력이 되지 못하는 거라며 그렇게 스스로를 위안하다보니 이젠 여행 중 빼놓을 수 없는 즐거움인 맛집 기행을 접어야 되나 싶어 영 서운하기까지 했다.

드디어 서울에 입성하여 청와대 옆 효자동 집에 김진성 군을 내려놓으니, 김진성 군 왈, 무슨 일이 있더라도 한 달에 한 번씩 지방산행을 가자면서 집에는 들어갈 생각도 않고 미적미적 제자리걸음만 친다. 내가 처음 제안했을 당시에는 이 핑계, 저 핑계로 확답을 미루던 그였건만, 아직까지도 여운이 상당한 모양이다.

집에서 차나 한 잔하고 가라는 김진성 군의 청을 뒤로 한 채 나는, 당일치기든 아쉬운 대로 서울 근교의 산부터 다녀보자는 다짐을 주고는 이미 눈앞에 아른거리는 아이들과 집사람이 기다리는 집으로 서둘러 발길을 재촉했다.